Ludwig Weibel
Sinn Spiel
Ich Bin in deinem Königreich
der beste Kastellan

Books on Demand

Bibliographische Information der Deutschen Nationalbibliothek. Die Deutsche Nationalbibliothek verzeichnet
diese Publikation in der deutschen Nationalbibliographie,
detaillierte bibliographische Daten sind im Internet über
http://dnb.dnb.de abrufbar.

© 2019 Autor: Ludwig Weibel
Herstellung und Verlag:
BoD – Books on Demand, Norderstedt
ISBN 9783749433889

Ludwig Weibel

Sinn Spiel

Inhalt

1

Was dich tief berühren soll

1.1

Was klapperst du auf deinen arg zerschlissenen
Gefühlen, derweil du dich Mir anvertrauen kannst in
tiefem Herzbewegen.

Bittgesuche deinerseits sind kaum vonnöten,
seitdem du *weisst*
und dich erlabst an Meinen Geisteszügen.

Hast du nur die Gnade Meine Direktiven zu erlauschen,
fällt dir vieles leichter
auf der Wanderschaft zum Gottesziel.

Beginnst du *Mich* in dir zu spüren, werden deine
Lebensdinge grandios vom Götterglanz beschienen.

Was sich zuerst in Keimen offenbart wird dir,
im Erwachtsein, zur Erkenntnis deiner selbst
im Wunderbaren.

Ich bringe Heiterkeit, Konstanz und seliges Vertrauen
in dein Leben.

Was dich tief berühren soll ist
Meiner Worte Wohlverstand am seinsgerechten Leben.

Den ganzen Zauber hinter dir zu lassen ist dir nicht
gestattet, demnach schiebst du ihn getreulich vor dir her.

Mit *Meinem* Mass gemessen ist gar vieles, was dich in der Welt betrübt, recht heilsam für dein Wesen.

Erfährst du *Meinen* Frieden, brauchst du nicht mehr auszurasten in der Drangsal struber Zeiten.

Der Kenner kennt sich aus in seinem klargesichtigen Agieren.

Du nützest dir am Meisten, wenn du schweigend das Notwendige verrichtest, ohne Zetermordio zu rufen.

Ich zerzause dir den Pelz, wenn du's nicht selber fertig bringst dir deine Flöhe wegzukneifen.

Rotkäppchen in der Fabel ist die Unschuld, die dem Bedrohlichen entkommt im Andersartigen.

In der Art und Weise, wie du dich zu sein bemühst, wird dir Meines Wohlgefallens Stil zugute kommen.

Licht und leicht und seelenvoll wirst du zu Mir ins Gnadenreich hinübergleiten.

Was *Ich* nur einmal dir versprochen habe, genügt für satte Millionen.

Der Fels trägt gut, auf dem *Ich* dir ein Haus erbaut und wohnlich eingerichtet habe.

1.2

In Würde leben heisst bei Mir: du wirst in eben dieser
Seinsverfassung auch vertrauensvoll hinübergehn.

Du Bist Mein Teil und zugleich auch
dem Ganzen zugesprochen.

Dich beseligen ist aller Tugend Anfang
wie das wonnevolle Ende Meiner göttlichen Gewähr.

Nur *Ich* Bin gut, doch deine Güte muss an Meiner reifen
bis sie sich aufs Trefflichste bewährt.

In *Meinem* Kontext traust du dir
die wägsten Dinge zu.

Womit willst du Mir den Ehrendienst und die
Bewunderung, die Mir gebührt, konkret erweisen?

Das Mindere hat sich dem Vollendeteren anzugleichen
in bewusster Strategie.

Meinst du Mich, so kann Ich dir in lichter
Seinsgefälligkeit und Lebensliebe zum Erfolg verhelfen.

Alles was durch Mich geschieht, geschieht in
wunderbarem Wohlgeraten.

Was vordem unbedeutend schien erlangt durch Mich
Profil, Beachtung und unendliches Bewähren.

Du beginnst, dich auf das Hehre, das du Bist, herzinnig
zu besinnen und beseligst dich daran in gloriosen
Lobgesängen.

Von Mir gemischte Karten können mit
unendlichem Erfolg von dir gezogen werden.

Öffne Herz und Sinnen Meinem liebevollen Drängen.

Bist du verflogen, köstlicher Gedanke, kannst du
nimmermehr zurückgeholt und aufgepäppelt werden.

Wunderbar gestählt gehst aus jedem Rendezvous mit Mir
hervor.

Was dir ins Auge geht geht auch in's Herz und muss dort
ausgekostet werden.

Im kleinen wie im grossen Bin Ich allem
eine liebevolle Standfigur.

In Meinem Licht gewähre Ich dir unermessliche
Glückseligkeiten.

1.3

Deine Ansicht muss nicht Meine sein,
aber was *Ich* als die Wahrheit deklariere ist der deinen
haushoch überlegen.

Du kommst und gehst,
Ich aber bleibe.

Mach dir keine Sorgen,
Meine Hoheit ist dir nah.

Ich verkünde dir ein Wort des Trostes:
Meine Freundschaft währt für Ewigkeiten.

Was du *Bist* ist ganz in Meine Hand gegeben.

Die Tatenfolge spiegelt
Meine Worte wieder.

In des Schicksals Walten ist dem Menschen
Unerhörtes auferlegt.

Was immer du bewältigst wird voll Freude
von Mir registriert.

Ich seh die Elfen kommen,
dich voll Anmut zu begrüssen.

Was immer du erwägst, Mein Wägen wird ihm
jederzeit die Stange halten.

Vor Mir brauchst du dich nicht zu fürchten,
derweil du deine eigne Furcht besiegst.

Ich mache auf, wo du noch fest verschlossen
vegetierst.

Zweideutig ist noch mancher Vers
in dein Notizbuch eingetragen.

Machst du Ernst, muss jedes deiner Worte wahr sein
vor den Götteraugen.

Ich trage dir nicht's nach, wenn auch in deinem Wortspiel
vieles nachzutragen wäre.

Deinen Herzensfrieden wirst du nur in Meinem finden.

Die Sparwut schüttet manches Kind
gleich mit dem Bade aus.

Unmoralisch ist für viele ganz normal.

Wer hat die Fülle ausgegeben, wenn nicht *Ich* in Meiner
grenzenlosen Wohlgefälligkeit am Sein und Leben.

Verwertest du, was *Ich* dir sende, wirst du zweifellos
in *Meinem* Sinn und Geist gedeihen.

Dich zu schützen Bin Ich da vor den trügerischen
Geistern, die dem Sinn der Welt zuwider laufen.

Was wünschest du im Herzensgrunde, wenn nicht
Ebenmässigkeit im Denken und Gefühl.

In *Meiner* Hemisphäre ist dir Geistesglück und
auserlesene Beschaulichkeit beschieden.

Was kann dir Besseres geschehn, als Mir geradewegs
in's Geistesgarn zu laufen.

Die Ringe sind getauscht, wir sind verlobt für
ungeheuerliche Zeiten.

1.4
Der Gang in Meine Höhen führt dich zugleich in die
Tiefen deiner selbst zu wunderwirkendem Gedeihen.

Was immer du verloren hast wirst du wieder finden
in des Seins entzückenden Unendlichkeiten.

Als Apostel will Ich warnend zu dir gehn, um dir die
Fehler aufzuzeigen, die du noch begehst.

Als Vermittler komme Ich zu dir in Sachen
Seinsgewissheit und herzinnigem Erlösen.

Beständigkeit ist angesagt an Meinem Fürstenhofe,
um bei Mir zu reüssieren.

Klein im Irdischen und grandios
in der Bewusstheit Meiner Geistessphären.

Zwiesprach mit der Seele sollst du halten
über was du Bist in Meines Daseins Sternenvision.

Verwegen kann Ich dich nicht nennen, solang du noch
auf deinem Stühlchen Trägheit zelebrierst.

Wirklich grandios kommst du heraus,
sowie du deine Hand in Meine legst, als fasstest du die
Pranke eines Löwen.

Allwo die Welten auseinandergehn, werden sie sich
wieder finden in der Unverbrüchlichkeit des Seins, die
ihnen alleweil beschieden.

Das Bittere behelligt dich nicht mehr, sowie du
Meine Süsse hast gefunden.

Statt dich im Kreis zu drehn soll
die Spirale dich in Meine Höhn erheben.

Den Grund für deine Übel hast du selbst gelegt,
doch will *Ich* dir den Ausweg weisen.

Wie sonderbar, dich nach so langer Zeit
so kindlich anzutreffen.

Was dich so sehr betrifft
hat Mich schon längst betroffen.

Bei deiner Lebenstüchtigkeit gibt es noch manches
nachzuholen.

In Tränen brichst du aus, noch eh du einen Grund
dafür gefunden.

Hast du dich verrannt, kann *Ich* dir jederzeit den
Heimweg weisen.

Vieles spricht Mich von dir an,
doch muss es noch enorm gefestigt werden.

Willst du Mich für dich gewinnen,
sollst du vordem deinen Eigensinn bedenken.

Was dir noch abgeht ist das Wissen um die Götterkraft,
mit der Ich dich in Atem halte.

1.5

Die Könner rasen nicht durch's Land, sie ergeben sich
der lächelnden Natürlichkeit, die *Ich*
vor ihren Merkpunkt lege.

Lass die Hunde bellend dich begrüssen,
bis sie traulich zu dir stehn.

Bald wirst du den Morgenstreich geniessen, den dir die
Strahlende am Firmament beschert.

Warm gelaufen präsentierst du dich vor Mir
berückend schön.

Ich habe von allem genug und darf Mich darob in
Glückseligkeit wiegen.

Du schaust die Welt mit andern Augen an, seitdem du
Mich erkannt hast in des Seins verehrenswerten Tiefen.

Wie Manna ist das Wort das Ich an die verteile
die es von Mir hören wollen.

Du bist jenen vorgezogen, die bereits auf Meiner
grünen Seite fürbass gehen.

Das Mögliche ist bei Mir immer alles – und ein
Quäntchen noch dazu

Ich erwarte dich im Reinen und bereinige,
was immer dich besorgen könnte.

Was die Elfen singen ist von deinem schütteren Gesang
komplett verschieden.

Farbe brauchst du bei Mir keine auszutragen,
derweil Ich doch des Regenbogens sich verströmendes
Pastell erfunden habe.

Ein Präjudiz ist bei Mir nicht vonnöten, weil Ich alles
seinsspontan und krisensicher in die Wege leite.

Du brauchst dich vor Mir nicht zu fürchten, denn in
Meiner Hemisphäre lässt sich alles
leicht und lichtvoll an.

Mit blanker Münze zahl Ich heim, was Mir vordem
befleckt ward in die Hand gegeben.

Den Kühnen treibt die Sorge um Projekte an, die alles
übertreffen was bisher verwirklicht worden ist.

Was dir von *Meiner* Seite zukommt, ist zumeist recht
schwierig zu ertragen.

Bist du nicht rechts musst du ein Ultralinker sein, denn
Mir gehört die Mitte, will Ich meinen.

Mandelaugen sind von nah entzückend anzusehn.

Mit wem möchtest du am Liebsten tauschen, wenn nicht
mit Mir in des Elysiums verehrenswerten Tiefen.

Mir allein gebührt die Ehre, wenn es um das Allerhöchste
geht.

Für Zimperliche Bin Ich nicht zu haben
in der Eigenart wie *Ich* die Dinge laufen seh.

Du hast die Wahl, Mich in die Menge deiner Lebensdinge
einzuführen.

Umso besser laufen die Geschäfte, wenn *Ich* väterlich
dahinter steh.

Unbeeindruckt Bin Ich von des Schwerenöters Nöten;
wo er auftritt kann nur Minderwertiges vonstatten gehn.

Hast du die Gans musst du das Messer noch besorgen.

Es weitet sich dein Sinn gemäss den Zeichen,
die dich auf das Ewige verweisen.

Das Knallige an dir sind meistens nur
die schmucken Waden.

Wie leicht verwechselst du was *Ich* Mir Bin
mit deinem.

Stets das Richtige zu tun ist denen vorbehalten, die *Mich*
in ihr Gewissen eingemittet haben.

Steigst du hinauf so muss es freilich wieder mit dir
talwärts gehn. Mir hingegen ist bedingungslose
Höhenluft beschieden.

Steht der Adler dir im Wappen, muss das Fliegen eine
Musstat für dich sein.

Was dein Sein betrifft sollst du beständig
Mich befragen.

Ich kann dir jedes Rätsel deuten, wenn du nur gewillt bist,
es Mir vorzulegen.

1.6
Dein Prunkstück ist Mein Sein in deinen Händen, schau
es demnach wohlgefällig an.

Was dich erbaut, ist *Meines* Bauens Fertigkeit
im Frührot neuer Zeiten.

Der Wackere bedient sich Meiner Kräfte um Neues zu
beschwören und es Mir freudig darzubringen.

Was seh Ich glänzen in den Augen
deiner wundervollen Meditationen?

Was kümmern dich die Noten, es genügt, wenn du dich
anstrengst, Mir gewissenhaft zu dienen.

Worüber regst du dich denn auf? Ich rate dir, dem
eignen Willen Ausdruck zu verleihen.

Für das was gang und gäbe ist bei Mir,
musst du noch einen weiten Anlauf nehmen.

Selbander mit Mir Gedanken zu pflegen
muss zur Beseligung für dich geraten.

In der Westentasche kannst du heutzutags genau so viel
versorgen wie vor Zeiten im Gemeindesaal.

Was unnütz ist wird von Mir ausgeschieden
zum Wohle derer, die das Taugliche verehren.

Ich bringe dich auf Vordermann, sowie du *Mir* die Zügel
überlässest.

Du gleitest sachte in's Erfahren Meiner Inspirationen,
wenn du lauschend vor Mir ruhst.

Erhebe deinen Geist zu Mir, damit Ich liebevoll
in deine Tiefen sinken kann.

Stellst du dich an den Katheder
raune Ich dir Wunderbares zu.

Widrigkeiten stärken deinen Sinn
Meinem Hochgebirg entgegen.

Weisst du dir zu helfen
will Ich in dir Unendliches gebären.

Von Fall zu Fall gelingt es Mir,
dich dem Bewundernswerten zuzuführen.

Kein Trugschluss soll es sein, doch
die Erkenntnis einer Wahrheit sondergleichen.

Was mutest du dir zu, wo *Ich* dazu entschlossen Bin,
das Mütchen dir zu kühlen.

Wo geboren wird,
muss ohne pardon auch gestorben werden.

Willst du verreisen, sollen *Meine* Pläne bei dir sein.

Was wundert's dich, wenn du nach jedem A dich sputen
musst, auch B zu sagen

Wer *Mir* gehorcht, hat mehr vom Leben.

Was nützt es dir Erfolg zu haben, wenn die Folgen zu bedauern sind.

Ich Bin das Mass der Dinge und du bist
der Meterstock dazu.

Pankraz der Schmoller ist auch eine Vision,
doch ob sie dir gefiele?

Deppen sind wie Möpse süss,
doch entsprechen sie nicht Meinem Schönheitsideal.

Sagt dir einer wo es langgeht,
zeige *Ich* dir dazu noch die Breite an.

Was nicht rund läuft,
wird von Mir gerundet bis zur ganzen Zahl.

Wie lieblich sind die Wohnungen der Meister anzusehn,
geschmückt mit Wundertaten.

Willst du ein Ass in deinem Ressort werden,
musst du an dich glauben, feierlich und filigran.

Auf den Schwingen deiner Phantasie
kannst du das Unendliche erreichen.

Genau das kreide *Ich* dir an, was die andern dir nicht
anzukreiden wagen.

1.7

Willst du spenden, spende dir zuerst das Seelenheil
in deinem Dich-Erleben.

Meine Mächte führen dich durch alle Wirrnisse
der Heiligung entgegen.

Was du dir einbrockst, muss auch von dir
ausgelöffelt werden.

Die Befreiung kommt allein von Mir und
Meinen eklatanten Überlegenheiten.

In jedem Kampfe muss die Überwindung deiner selbst
an erster Stelle stehn.

Wenn Mein Wille dir`s befiehlt,
wirst du in das Ungewisse schreiten?

Wenn du dich mit Mir umgürtest,
sind deine Kräfte Legion.

Willst du auf festem Grunde stehn, sollst du dich
an Mich erinnern im Gewoge der Gezeiten.

Es sei, dass du dich selbst im Griff behältst
im zielbewussten Vorwärtsschreiten.

Ich komme, und du kommst Mir freudevoll entgegen,
um Meinen Segen zu empfangen.

Du wirst Mir doch Vertrauen schenken,
wo Ich dir so manche Gunst erwiesen habe.

Kraftvolle Worte will Ich deinen Meditationen
zugestehn.

Neigst du zum Übertreiben, treib es doch mit Mir,
der Ich schon immer masslos übertrieben habe.

Konsterniert betrachtest du dein Elend und vergissest
dabei, Mich zu konsultieren.

Was du von Mir erwirbst,
begleitet dich für Ewigkeiten.

Ich male dir den Teufel an die Wand, um dir den
Wahlgang zu erleichtern zwischen ihm und Mir.

Ein frohes Herz wirst du nach Hause tragen, wenn du
ausgehst, Mich zu suchen und Mich findest
akkurat in dir.

2

Gnädig zeige Ich dir Meine Karten

2.1

Meiner Worte Kraft in dir ist Legion,
wenn du nur hinhorchst, sie herzinnig zu vernehmen.

Ich teile deinen Wunsch nach mehr Erfahrung
auf dem Geistgebiet das Ich verwalte.

Das Zauberhafte zieht dich magisch an,
um dich auf seine Weise zu verführen.

Geniesse das Entzückende, doch halte dich dabei an
deine eigenen Maximen.

Lies jeden Tag den Leitvers, den Ich in Spiegelschrift
auf deine Stirne male.

Du magst dich wundern ob der Inbrunst
Meines Mich-bei-dir-Beklagens.

Deine Wege sind von Mir erforscht und freigelegt, du
musst sie nur vertrauensvoll beschreiten.

Mich zu schauen sei dein artigster Beruf.

Gnädig zeige Ich dir Meine Karten,
damit du Übersicht gewinnst in deinem Menschenlos.

Bist du gewohnt, den Marschallstab zu schwingen,
schwinge ihn auch, um dich selber zu regieren.

Das Seinsdynamische in dir ist schwierig zu begreifen,
weil es von Götterweisheit trieft.

Nun freut es Mich, dass Ich dem Helden der Geschichte
Macht verlieh, die Drachenmäuler stillzulegen.

Was schaust du Mich so an, Ich Bin der Einzige der *ist*
und der sich bis zuletzt in Glanz und Glorie erhalten
kann.

Der Trend zum Lässigen in dir wird von Mir durch die
Strenge aufgehalten.

Wovon du immer zehrst, es ist von Mir bereitet
in ergreifenden Nuancen.

Steigen Kapuzineräffchen dir den Buckel rauf,
heiss *Ich* sie beizeiten wieder runtersteigen.

Kleinliches wird alleweil von Mir gestrichen,
bis nur noch Grandioses überlebt in dir.

Neue Sterne lasse Ich vor deinem hoffenden Gemüt
erscheinen, um den Himmel deiner Sehnsucht
tüchtig zu beleben.

Ich sage dir, du findest dich im Gottesfrieden wieder,
wenn auch der Weg dahin sich in die Länge zieht.

Was immer Ich von dir erwarte, darfst du ihm
nimmer aus dem Wege gehn.

Erstaunlich ist, wieviele sich in ihrem Sein
für Weltengrössen halten.

Kannst du zählen, zähle nur auf Mich
in deinen Unbekömmlichkeiten.

Für jeden Schritt in Meine Tiefen will *Ich* dich
fürstlich honorieren.

Ich halte dich auf Trab, wenn du auch lieber rasten
würdest in der Tag Hast und Gieren

Meinst du Mich in deiner Seinsphilosophie,
so will Ich dich mit Glanz und Glorie bedienen.

2.2
Brauchst du Meine Hilfe, kann Ich sie dir
perfekt gewähren.

Lässt du alle Leinen los, will Ich deine Reise sicherlich
zum graziösen Ende führen.

Bist du geneigt den Clown zu spielen, komme Ich dir
mit erstaunenswerter Fertigkeit zuvor.

Meinst du das wirklich,
geruhe Ich vor dir den Hut zu ziehn.

Ich lebe königlich in Meinem Mich-Begründen und
pflege täglich Mein verheissungsvolles Wohl.

Was du gesät hast wirst du sicherlich im guten wie im
miserablen Sinne ernten.

Was geziemend ist im Leben, macht dich wahrhaft gross
und lässt die Menschenwürde sich an dir verspielen.

Dir gehörig einzuheizen ging Ich aus und kehrte mit
enormem Wohlbefinden wieder.

Dein Herz wollt gern einmal tranquillo sein und
fährt doch fort und fort zu schlagen.

Du Bist gut und Ich Bin gut, doch beide sind noch besser
wenn sie selbander fürbass gehn.

Greifst du nach den Sternen, kann es sein,
dass sie dir an das Herzblut gehn.

Das Einzelne hat Mühe, sich dem Ganzen einzufügen,
Ich hingegen Bin das Ganze, das das Einzelne gebiert.

Was willst du Wahrheit nennen, wo du dich in Myriaden
Definitionen und Vermutungen verlierst.

Bezaubernd ist was Ich verzaubert habe
ins glückselige Gelingen.

Alles was der Mitte zuströmt
ist schon auf dem rechten Weg.

Nolens volens musst du dich beeilen, um den Anschluss
an Mein Sein nicht zu verfehlen.

Wie himmlisch muss Ich denn noch sein, um deinem
Anspruch auf Gerechtigkeit und Wohlfahrt zu genügen?

Kannst du Mich nur einmal in dir walten sehn,
fällt es dir wie eine Binde von den Augen.

Mir nichts dir nichts kann an Meinem Hofe nichts
geschehn, denn jede Meiner Gesten ist mit tiefem Sinn
geladen.

Wenn du nicht länger träumen willst, so kann Ich dir das
Wachsein Meinerseits bewusst vergeben.

In Arkadien scheint dir das Leben wunderbar zu sein,
derweil du es in dir nicht findest.

2.3
Wenn du in's Wasser steigst,
musst du auch schwimmen können.

Bist du von dir selber überzeugt, so kann Ich
Wunderdinge in dir zeugen.

Meine Kräfte sind der Urbegriff von Kraft in deinen
Händen.

Der Weltgeist der Ich Bin, verleiht auch dir des
Seinsgewissens Züge.

Mein Sinnen reicht vom einen Ende bis zum anderen der
Welt und wird gewiss auch deiner Sehnsucht nach dem
Geisteslicht genügen.

Sofern du absolutes Seinsvertrauen in dir hegst, wird dir
alles, was du unternimmst, auf's Trefflichste gelingen.

Im Jetzt zu sein ist das allgöttliche Prinzip
zu deinem Handeln.

Mein Rat ist Goldes wert,
mit Weisheit des Unendlichen gespiesen.

Machst du mit, so will Ich dich geschwind zum König
deiner selbst erküren.

Nur *Meine* Sorge lass es sein, dich in des Lebens Forum
auf's Beglückendste zu unterhalten.

Sage nie du seiest gütig, ohne es zu sein, sei gütig
ohne es zu sagen.

In die Sorge um dein Sein mischt sich die Freude,
inniglich an Mich zu glauben.

Unbändig und final Bin Ich im Paradiese
angekommen.

Mit den Schnecken ist auf ihrer Laufbahn
gut zu konkurrieren.

Was suchst du Mich, wo *Ich* dich doch schon lang in Mir
gefunden habe?

Du bereitest Mir den Weg, dass Ich dich segnen kann
von Meine Höhn herab im Unergründlichen.

Nicht wohlfeil kann Ich sein, doch offen für dein Hoffen,
vom Seidenglanz des Ewigen umgeben.

Jeder Wirrsal enthoben darfst du im Göttlichen ruhn,
wenn du nur gnädig bist dir selber zuvor.

Die fromme Seele friert nicht mehr, sowie sie Meine
Wärme spürt und Meiner Göttlichkeit Erbarmen.

Dein Aufstieg zur Allherrlichkeit wird sich
im besten Sinn vollziehn, wenn du dich hingibst,
Meines Himmels Ehren zu erlangen.

2.4
Mit Stampfen und Wüten ist wenig getan; du sollst dich
im Stillen der reinen Beglückung ergeben.

Schöpfst du, so schöpfe Ich getreulich mit in deinen
Inspirationen und Empfindungen von Gottes Mass und
Minne, Meisterschaft und Generosität.

Vor Mir kannst du dich nicht verbergen, weil du Mich
Bist in der grandiosen Schau auf deine Inkarnationen.

Dein Niveau hat das Meine schleunigst zu erreichen,
damit in dir das All der Welten ins Harmonische und
Seinsbeglückende mutieren kann.

Ich pflege, was du säst, bis es zum Blütenbaum
geworden ist in voller Attraktivität.

Du bist in's Netzwerk Meiner Güte eingeflochten
bis zum Gehtnichtmehr.
Ich hänge Mich an deine Fersen Tag für Tag, um dir im
Wettlauf um den Sieg gehörig beizuspringen.

Den Hanswurst darfst du vor Mir immer spielen, aber mit
Bedacht, Respekt und friedevollem Seinsbetragen.

Gehorchst du Mir, so müssen alle, die du mit dem
Zauberstab der Seinsgerechtigkeit berührst,
genausogut gehorchen.

Bald kommt die Wende, wenn du den Bogen der
Beschaulichkeit bewusst erlebst.

Ich gewahre mit Entzücken, wie du beweglich wirst in
Meinem Sinn und Geist, vor aller Augen.

Botengänger bist du für die Qualitäten,
die *Ich* der Menschheit mitzuteilen habe.

Es muss für dich wie Nichts erbaulich sein,
mit Mir auf Du und Du vertraulich zu verkehren.

Niemand hindert dich daran, in Meiner Reichskanzlei
beherzt die Stimme zu erheben.

Wo willst du hin, wenn nicht in die Unendlichkeit der
Geistessphären.

Was klappt nicht mehr, sollst du dich fragen, wenn dein
Stühlchen klappert, sinnenlos.

Ich befördere, was du dir Bist, recht gern
auf von dir neu entdeckten Wegen.

Sprunghaft sollst du nur in *Meinem* Sinne sein,
soviel es deine Kräfte denn vermögen.

Du sollst es wagen, über dich hinauszuwachsen,
Meiner Seinselite zu.

Konstruktiv sein ist das Zauberwort, das sich in dein
Gewissen schmiegen soll in unaufhörlichem Begaben.

Was verleitet dich dazu, dein Glück am falschen Ort zu
suchen? Der Schatten deiner selbst, der sich im Lichte
badet und vermeint, es selbst zu sein.

Was du immer unternimmst, soll vom Gedanken
hergeführt sein, dass du Bist ein götterlichtes Wesen.

Dass du verloren bist trifft auf dich nicht zu, derweil Ich
stets behütend bei dir Bin in der allernächsten Näh.

Willst du den Herzensfrieden?
Sieh, Ich verleih ihn dir in wunderwirkendem Begaben.

Ich Bin Gewissheit im Mir-selbst-Entsagen.

In der Freude Gottes darfst du immerzu verweilen,
derweil dein Überirdisches sich wunderbar bewährt.

In Meinen Zaubergärten sollst du Heiterkeit
und Minne Gottes spüren.

Was kann dich mehr befrieden als Mein Wort
im Wirbel deiner Rätselhaftigkeiten?

Die Sanftmut trügt, mit der du Mich beglaubigst;
Ich kann auch schrecklich toben.

Morgen ist wieder ein Tag, doch was du heute tun musst,
darfst du nicht verschieben.

Das Gesetz der grossen Zahl ist in Mir auf eines reduziert,
das Sein, in allen Weltbezügen.

Bist du kopflos, ist dir mit dem schönsten Body nicht
geholfen.

Du magst noch so vife Kreise ziehn, den Himmelskreis
vermag nur *Ich* vollkommen zu beschreiben.

Ziehst du das Kleid der Hoffart an,
hast du nichts bei Mir verloren.

2.5

Der Neid zerfrisst dir deine besten Noten und
vergiftet dir den Brei vor deines Mundes Mahl.

Du Bist, um immer mehr zu sein,
unter Meiner rosenfarbenen Regie.

Dem Verständigen gehört die Welt
in fabelhaften Zügen.

Du brauchst nur tapfer auszuschreiten, um deinem Ziele
dich zu nähern in des Herzens hoffnungsvoller Glut.

Kommst du zu Mir, kannst du nicht mehr verkommen
in des Lebens Ungemach und Weh.

Ich führe dich der Seinsgewissheit, Seelensicherheit und
wonnevollen Heiterkeit entgegen.

Meine Lehre ist dazu bestimmt, deine volle Anmut zu
beschreiben.

Mit Mir im Bunde bindest du dich los
von allen Albernheiten.

Beschränkst du dich, Bin Ich gekränkt
im Urgrund deines Wesens.

Lächelst du in jedem Fall, kommst du Mir
lächelnd auch entgegen.

Ich verzeihe dir denselben Fehler einmal
und dann nimmermehr.

Was kann dich besser zähmen als *Mein* Wort des guten
Tons in sämtlichen Etagen.

Woran willst du dich halten, wenn nicht
akkurat an Mir.

Nutzlos ist der Schleudersitz,
wenn der Fallschirm sich an ihm verheddert.

In Meinem Parkhaus gibt es ständig freie Stellen,
wenn du wetten kannst auf sie.

Fängst du an, ist dir schon etwas Köstliches gelungen.

Kannst du schwarze Zahlen schreiben,
liegen ein paar rote auch darin.

Sei frei, Mir vollends zu gehören.

Wer spricht? IchBin es, dich in's Sein zu rufen.

Das Unbedenkliche hat immer recht
in seinem Sich-Benehmen.

Willst du die Gottesgüte spüren,
setze dich zu Meiner Ruh - im Wandelbaren.

2.6
Wo bist du?
Hier.
Und wo Bin Ich?
In dir.

Hat die Stunde der Verheissung dir geschlagen,
bist du frei - im Seinsgewissen.

Das Netzwerk, dem *Ich* dich entführe,
bricht ohnehin zusammen.
Frei Bist du.

Das Künftige bedeutet für dich,
dir den Freibrief zu erringen.

Wie hört sich deine Stimme an,
wenn sie erzittert vor der Meinen?

Kennst du den Spruch:
Zu diesem Punkt musst du das Sein befragen.

Das Lächeln des Getrösteten ist für Mich
doppelt schön.

Schönheit für dich?
Den Vortritt hat noch immer, was das Ewige berührt.

Bist du erhaben über deiner Dinge Los,
kann *Ich* dich in's Sein erlösen.

Was die Gewalt nicht fertigbringt,
vollzieht sich mit der Kraft der Liebe.

Die Sterne wanken nicht, derweil sie sich
mit Elementenwucht durch's All bewegen.

Wie bieder scheint Mir dein Gehaben,
derweil es doch den Götterreichen angehört.

Seltsam mutet an, was du dir wieder ausgesonnen,
ohne Mich um Rat zu fragen.

Ich verpasse dir das Gegengift zu deiner Sucht
nach kleinkarierten Eskapaden.

Deine Worte fälschen ist genauso schlimm
wie anstelle Goldes Messing setzen.

Was du nicht erträgst,
das müssen andere für dich ertragen.

Was du jetzt zu tun verpassest
kehrt dir nimmer wieder.

Die Armen geistern überall herum so lange,
bis sie Mich in ihrem Sein gefunden haben.

Was dich wahrhaft trösten kann,
sind Meine Worte für den Freudentag.

Ich komme, wenn du nicht mehr gehst,
um dich behutsam über'n Styx zu tragen.

Bist du über Mich im Klaren, klärt sich der Himmel auf
in deines Seelenseins beglückendem Erfahren.

Was ist Kapital, wenn nicht die Fähigkeit,
sich in das Gegenüber einzufühlen.

Was geschieht, wenn du dich ganz auf Mir verlässest: Du
wirst verlässlich bis zum Gehtnichtmehr in deinem Eifer
Weltendinge zu bewegen.

Ich trete für dich ein, wenn du Mir nur vertrauen willst
in deinem Dich-Verwundern.

Stehst du an, steh Ich dir bei
im fortgesetzten Dich-Bewegen.

Das Wandelbare, im Erstarrten, ist schlussendlich
nur bei Mir zu haben.

Wie fühlt sich, was Ich Bin, wohl an?
Wie die lichte Morgenröte in des Seins unendlichem
Gefieder.

Wo treibst du dich herum und woran erkennst du *Meine*
Weltenzüge?
An der Unbekümmertheit womit Ich sie vollführe.

Mit einem Quäntchen Glück kommst du noch
über manche Runde, die dich beinah stolpern liess.

Es stellen sich in dir Bedenken ein, um alsogleichvon Mir
zerstreut zu werden.

Das Gotteswort ist über alle andern Worte hoch erhaben.

Wer sich intensiv auf Mich besinnt,
hat schon das Ewige für sich gewonnen.

Dem Wahren ist in jedem Fall der Sieg beschieden.

Was *Ich* dir gewähre trägt den Stempel ewiger
Verbundenheit mit deinem Wesen.

„Solo Dio", sei deines Herzens Ruf nach Seligkeit und
Frieden.

Jede Bangnis schwindet vor dem Licht
das Ich um Mich verbreite.

Ich Bin der Christusgeist
in überschauender Manier.

Meine Tage sind für ewig
ungezählt.

Wohin Ich schaue,
kann Ich Licht vom Licht gewahren.

Kommt es gut,
so kommt es alleweil von Mir.

Ich mache auf, wo sich die Myriaden
noch bedeckt verhalten.

Bei Mir darfst du am Born der Weisheit trinken.

Ich Bin die Vorgeschichte ebenso
wie das was nach Mir noch geschieht.

2.7

Gerundet und gesundet ist,
wer sich zu Mir erhoben.
Ich teile alles mit den Meinen.

Konsequent sein heisst
mit der Genügsamkeit kooperieren.

Brichst du mit Mir so hast du über dir
den Stab zerbrochen.

Ich wandle Mich
im Wandel der Äonen.

Du erweisest dir den besten Dienst, wenn du
den Weltengeist in dir
am Walten siehst.

Ich gehöre zur Elite der Verklärten.

Ich Bin die überschauende Bewusstheit
in verheissungsvoller Agitation.

All so ist es Mir gegeben, völlig unbeschadet
in der Wahrheit Licht zu stehn.

Ich verbeuge Mich vor dem Unendlichen
das Mich zutiefst beseelt.

Wo gehst du hin,
Ich will dich so nicht sehen, ausser dir.
Was gekonnt ist führt zu Mir
in den Wirkkreis göttlichen Vermählens.

Du kommst und geisterst ungeniert herum,
noch ohne dich à fond erkannt zu haben.

Ich Bin immer da, wo du auch Bist, im All der Sterne
wie in den gottseligen Verschlungenheiten.

Verkaufe dich nicht billig,
derweil du Mir stets teuer warst.

Gnädiger versinkt die Sonne
unter süssen Mandolinenklängen.

Zum Ersten bist du von der Stärke Meines Seins
bedingungslos durchzogen, zum Zweiten von der
Güte Meines Sternenwohls.

Ich befördere, was du dir Bist,
im Ewigkeitsverlangen, das sich Mir entgegenwölbt.

Kauere dich demutsvoll vor Mir zusammen und werde
damit grandios in Meines Raumens Himmelsspiel.

Wenn du kommst, wirst du an Mir vergehn
in gütestrahlenden Glückseligkeiten.

Du bist das Wesen der Barmherzigkeit
in Meinem silberhellen Seinsgewissen.

Wohl steht es dir an zu schweigen,
wenn *Ich* zärtlich zu dir rede.

Ich komme dir zuvor, wenn du auch noch so vorschnell
bist in deinem vifen Kanutieren.

Dein Verstand muss stets begleitet sein vom herzinnigen
Begreifen dessen, was Ich dir vertrauensvoll besage.

Du findest bald einmal den Link zu Meinen Gütern, wenn
du dich dem Sein vollends ergibst
im Gewinde deiner Tiefen.

In dein Eigensein verstricke dich nicht mehr, indem du
dich zu Mir entfaltest, ohne nach dem wie zu fragen.

Kennst du Mich, so ist dir auch bekannt, was aus dir wird
im Schoss der Ewigkeiten.

Die Bequemen lasse Ich auf ihrer Trägheit sitzen,
den Vifen helfe Ich behänd aus ihrer Seelennot.

Der Raum, den Ich um dich verbreite, macht dich frisch
und frei in deinen Dispositionen.

3

Nur immer zu in deines Strebens Lotterie

3.1

Komm und sieh wie Ich dich friedvoll in Mir hege.

Es ist die Kunst des Wartens, bis Ich komme, die dir
wonnevolles Glück beschert.

Nur immer zu in deines Strebens Lotterie,
Ich führe sie zum strahlenden Gewinnen.

Bist du willig, erheitere Ich deine darbenden
Empfindsamkeiten.

Nur zu deinem Wohl will Ich den langen Weg
zu dir beschreiten.

Trachtest du nach Frieden, sieh du kannst ihn kosten
in der Wunderwelt Elysiens.

Was geht hier vor,
wenn Ich dich inniglich befrage?

Weide dich am Sein,
dem du dich vollends hingegeben.

Was *Ich* der Welt zu sagen habe
ist für das Unendliche gesagt.

Wo es bei dir konstant hinunterging
ging es bei Mir hinauf.

Was *Ich* dir öffne, ist das Herz der Welt
in liebendem Vertrauen.

Das *tust* du jetzt
sollst du dir hundertmal am Tage wiederholen.

Du gefällst dir, Mich zu ignorieren,
statt begeistert mitzugehn.

Bevor du tätig wirst, vergesse niemals
Meine Meinung zu erfragen.

Was du immer vorträgst,
künde deines Herren Lob.

Spare nicht mit Zuversicht
in deiner Lebenslotterie.

Ich umfange deine Welt
mit nährender Begierde.

Was du in gutem Glauben unternimmst
kommt Mir wunderbar gelegen.

Erlausche dir von Mir was hilft
zu deines Herzens Wohlbefinden.

Das Stagnierende wird wieder von Mir
kräftig angestossen.

Du sollst beständig in Meinem
hochheiligen Namen agieren.

Jede Meiner Taten
ist ein Werk des weihevollen Friedens.

Fabelhaft ist alles
was *Ich* unternehme.

Herrschen ist
Mein nobelster Beruf.

Ich behaupte deine Rechte
ohne Kommentar.

Was dir zuwiderläuft
wird von Mir tunlichst weggeschoben.

Verstehst du zu erfühlen, was dich quält,
kann Ich die Lösung arrangieren.

Was du noch bedächtig hin und her bewegst
ist von Mir schon lange durchgewunken.

Willst du vor deinem Schicksal seinsgerecht bestehn
will *Ich* es meisterlich zum Besten lenken.

Echte Dankbarkeit muss
deinem Herzen entströmen.

Willst du Frieden, lass dich
von *Meiner* Sorgenlosigkeit belehren.

In nonchalanter Weise will Ich dich
im Kampf zum Siege führen.

Wie köstlich ist das Leben
wenn es sich in Mir vollzieht.

Was Ich Bin verbreitet sich in Mir
in wundervollem Selbstgenügen.

In dir finde Ich ein Wesen das versteht,
was all so viele nicht begreifen.

Hier geschiehts, dass das Spontane fasziniert
in seinem Nach-Unendlichkeiten-Streben.

Willst du das Bewusstsein deiner selbst erlangen,
lange ungeniert nach Mir
in Meinen götterlichten Höhenlagen.

Was klappert in Meiner Schüssel?
Ein hingeschmissner Löffelstiel.

Was geht hier vor,
will Ich dich in allem Ernst befragen?

Ich weide Mich am Sein, dem Ich Mich
vollends dahingegeben.

Weiser als der weise Salomon Bin Ich in Meinem
Mich-Begüten.

Was du kannst ist *Meines* Könnens genialer Ansatz,
universenweit gesehn.

Das Wissen um die Gottesgüte
macht dich frisch und fromm und magistral.

Willst du Beständigkeit, so stehe bei Mir unter,
damit die Nässe deinen Willen nicht zerstört.

Klang von *Meinem* Klange sollst du werden
im Geläut der Lebenssinfonie.

Ich komme, wenn du gehst, auf fernen Hügeln Gottes Lob zu zelebrieren.

Ich Bin dein friedenspendendes Idol von reiner Güte und enormem Wohlbehagen.

Die Wucht der Geisteskraft wird alles noch zum Guten wenden.

Wenn du nur willst, darfst du die Gotteswürde in dir tragen.

Takt und Fülle sind Mir eigen ebenso wie Wertbeständigkeit im sinnenden Gemüte.

Rabenvögel finden bei Mir keinen Aufsitz, weil Ich Ihnen die Gelegenheit dazu entzieh.

Wo *Ich* ins Verderben tauche, sind dein Ungeschick und deine Habgier schuld daran.

Wehleidige sind unbeliebt bei Mir, derweil sie Mein Konzept beständig durcheinanderbringen.

Du verstehst Mich dann am Besten, wenn Ich dich mit krassen Forderungen vorwärts treibe.

Gewaltentrennung kann es bei Mir niemals geben, denn alles wird wie *Ich* es will im genialen Aneinanderfügen.

Die Rose blüht solange wie du sie mit reiner Herzensliebe nährst.

Das Gottgewollte wird in Kürze auch in dir zum Spielen kommen.

Den Seinen gibt's der Herr im Schlaf,
wenn sie tagsüber Wachheit üben.

Im Erwachen siehst du deine Welt zur Sagenhaftigkeit erblühn.

Wer Birnen liebt, wird sich kaum in die Äpfelchen verbeissen.

Wie du dein Fell zu Markte trägst,
wird es gekauft und ausgebürstet werden.

Nachdem du dich zur Ruhe setztest, sollst du nicht an dir verblöden.

Meinem Sinn gemäss erspriesst die Tat
in gloriosen Meisterzügen.

Ich werte auf, was würdig ist
von Mir beachtet und geliebt zu werden.

Stehst du zu Mir wirst du deinen Missmut
gründlich überwinden.

Die Kontrolle über deine Angelegenheiten liegt in
Meinen Händen,
sofern du ihnen freien Lauf gewährst.

Was du immer tust, soll sich *Meiner* Art gemäss
vollziehn.

Kreierst du, muss vor allem Mein Verdienst
dahinterstehn.

Wohlbehagen ist zu spüren dort wo *Meine* Werte
respektiert und eingebunden werden.

Bringst du ins Rollen, was *Ich* vorbereitet habe,
wird daraus ein grandioses Werk erstehn.

Was das Sein betrifft, kannst du in *Meiner* Hemisphäre
nimmer fehlen.

Unter *Meinem* Schirm getraut sich niemand,
das Erblühende zu Fall zu bringen.

Legst du dir Vertrauen zu, werden deine Lebenstage licht
und für den Himmel ausersehn.

Das Fabelhafte atmet reine Lust am Leben und erfüllt
auch dich mit Lebenslust und Harmonie.

In Tat und Wahrheit geh *Ich* triumphierend vor dir her.

In Meinem Beisein lässt sich alles seinsvollendet an.

Sprichst du von Liebe, sieh Ich schenk sie dir.

Das Wesentliche ist es,
Geistesglück zu generieren.

Was imstande ist erwählt zu werden,
ist auf seine Weise virtuos.

Das Konstante lebt von dem was *Ich* ihm ständig
impulsiere.

Geist von *Meinen* Geiste sollst du sein in deinem
hellgewordnen Fühlen.

Dein Wert ist Meinem angemessen
in des reinen Seins allherrlichem Gefüge.

Willst du dein Sein erkennen,
kann Ich dir`s punktgenau erklären.

Mein Wille ist in deinem integriert,
du brauchst ihn nur hervorzurufen.

Gross Bist du und heilig,
wenn du *Meine* Welt in dir gewahrst.

Für dich ist jede Botschaft von Mir
ein Ereignis von entzückendem Bedeuten.

Getraust du dich zu sein,
ist die Trauung mit Mir schon vollzogen.

Vertraue Meiner Geistpräsenz in deinem
Tätig-dich-Erheben.

Sei willig *Meinen* Willen zu erfüllen
in der gottgeweihten Tat.

Punkte auf dem Weg zu Meinen Seinserhabenheiten und
erreiche so den Sieg in der begehrten Gottesdisziplin.

Im Bund mit Mir ist Ehrfurcht vor dir selbst vonnöten,
weil Ich dich *Bin* wesenhaft und wunderbar.

Du kommst und gehst,
doch *Ich* bleibe dir gewiss erhalten.

Der Bezug zu Mir ist was dich wahrhaft fördert
durch die Fülle Meiner Geistesgaben.

Sammle dich in Mir und du wirst wunderbar Gediegenes
erleben.

Wenn auch verklingt, was *Ich* dir ins Gewissen sage,
führt es dich lautlos himmelan.

Wenn du dich öffnest, klingt dir die Gottesstimme
silberhell ins Ohr.

Ich komme, sofern du Mir gewährst,
dich ins Heldentum zu führen.

In deinem Dich-in-Mir-Begründen sollst du
Glanz vom Himmelsglanze sehn.

Willst du konstant sein, sei es alleweil in Mir und
Meinen Seinsgefälligkeiten.

Kommt es zum Eklat, mag Ich als Einziger in dir
besonnen bleiben.

Was Flüstern dir die Sterne ins geneigte Ohr: die Geduld
hat sich gelohnt, du badest dich im Herzensfrieden.

Mir ist es sehr daran gelegen, dich mit dem Balsam der
Gerechtigkeit gelabt zu sehn.

Vor Meinen Augen ist auch, im geringsten Winkel
sitzend, der Gerechte grandios.

Was Hasenfüsse sind brauch Ich dir nicht zu sagen,
wie man sie vermeidet schon.

Kaum wirst du flügge, glaubst du schon ein Millionenstar
zu sein.

Wo es Prägnantes zu verschieben gilt setz *Ich* gekonnt
den Hebel an.

Gottgläubig sollst du sein, damit Ich dir was
Wunderbares präsentieren kann.

Reines Glück ist nur mit Herzenswährung zu bezahlen.

Den Ast, auf dem du sitzest,
solltest du nicht malträtieren.

Übe die Gedankenlosigkeit,
um darin deine blauen Wunder zu erleben.

Was Mir vorschwebt ist,
die Menschen zur Gottseligkeit zu führen.

Wenn du auf *Meine* Stimme hörst, wirst du geheilt von
allen Seelennöten.

Ich komme, wenn du gehst und begleite dich auf deinen
vielverschlungnen Wegen.

Holder König deiner Aberwilligkeiten, Ich setze dir die
Krone auf, sowie du reif bist, sie zu tragen.

Jede Anerkennung hast du *Meiner* Weisheit
zu verdanken.

Akzeptiere Mich und fühle dich beglückt in Meiner
Hände Wohl.

Keine Spur von Müdigkeit,
wenn *Ich* dein Triebwerk motiviere.

Du lässest dich auf vieles ein,
doch verliere Mich nicht aus den Augen.

Mit Mir zu leben ist ein Traum,
zu sterben ebenso.

Bist du von Mir beseelt, kann dir die Wucht des Alltags
nimmer schaden.

Ich suche geniale Geister die Mein Werk
begeistert weiterführen, Jahrtausenden entgegen.

Willst du gute Früchte treiben,
treibe sie aus Mir heraus mit überbordendem Elan.

Aus einem Hecht kann keine Äsche werden und aus einem Stockfisch kein Genie. Doch aus dir kann Göttlichkeit erwachsen, wenn du tätig bist in *Meinem* Sinne und Beleben.

Hast du Mut, so mute dir den Gang in Meine Höhen zu.

Fühle dich in die Quadrille des Gerechtseins eingefangen und schreite als Begnadeter und Vielbewunderter dahin.

Hast du den Geistessieg errungen, brichst du aus in Freudentränen.

Deine Nöte sind die Meinen,
wenn du sie zu Mir bringst voll Vertrauen.

Im Gewand der Freude seh Ich Meine Diener
gerne vor sich hin flanieren.

Freu dich an der Freude der Erlösten,
die Mein Sein in ihnen aufs Entschiedenste bezeugen.

Nur in *Meinem* Sinne Bist du innig wahr.

Das Unendliche fasst sich in dir
zur Endlichkeit zusammen.

Meide grosse Worte, doch verkünde, dass *Ich* in dir
gross Bin, das soll dir genügen.

Meine Pläne sind die deinen,
wenn du Mich erhörst.

Ich zähle auf dein Wort des Friedens
im gottseligen Erzählen.

Ich unterrichte Weisheit, wenn du nur die Gnade hast,
Mir zuzuhören.

Wer vergräbt sich in sein Weh? Der nicht in Meines
Namens Wohlgefälligkeit und Sittsamkeit agiert.

Wo kargst du, Brüderchen, wenn nicht an deiner eignen
Schwere, ohne Mein Erhabensein zu konstatieren.

Du verfängst dich irgendwo, statt voll Eifer und
Entschiedenheit an Mir zu hangen.

Wo kommst du her, wenn nicht aus *Meinen* Hallen der
Genügsamkeit am Sein und Leben.

Kaum gewonnen pflegst du deine wahren Werte wieder
zu verscherzen in der liebestollen Ich-Natur.

Was gewinnst du wenn du schweigst, wo dich die vielen
überreden wollen?
Alles, in der Geistesstärke die du damit offenbarst.

Willst du dein Dasein mit Mir teilen, steh Ich dir
klammheimlich zur Verfügung.

Ich verwende Meine Seinsstruktur, um dich aufs
Wunderbarste zu beleben.

Was wahrhaft für dich zählt ist die Befreiung von den
selbsternannten Seelennöten.

Gehab dich wohl, indem du Mein Gehaben imitierst
in grandiosen Meisterzügen.

Trau dem was *Ich* dir liebevoll besage und
befreie dich vom unerquicklichen Sinnieren.

„Bis bald", ruf Ich dir zu, um dir Ungeniertheit
beizubringen.

Brach liegst du solange *Ich* dich nicht mit Meinem
Weisesein begiesse.

In deiner Macht liegt es,
dich Meiner zu bedienen.

Kommt es zum Kontakt mit Mir, beginnen dir die Himmelsströme zuzufliessen.

Nur Mut, Ich lasse dir das Herzblut singen vor Begeisterung am Sein und Leben.

Echte Weile kannst du nur in Meiner Unergründlichkeit erfahren.

Ich trage dich Mir selber unentwegt voran.

Das Kleinliche verschwindet vor der Grösse Meines Mich-in-dir-Erhebens.

Das Konstantsein sichert den Erfolg auf allen Ebenen des trefflichen Agierens.

Der Ruhelose darf sich, wann er will,
in Meiner strahlenden Unendlichkeit erholen.

Was zögerst du,
Ich lasse dein Entgegenkommen niemals fahren.

Resolut sein heisst, sich Meinen Habitus und Meine Unbeschwertheit angewöhnen.

Carolina von Bergens Begriff von Schönheit ist als Nimbus der Allherrlichkeit in alle Welt gezogen.

Dem Beglücken folgt das strahlende Entzücken an des reinen Seins holdseliger Bavour.

Das Virulente trägt sich ständig mit dem trefflichen Gedanken nach noch mehr.

Gebiete du was noch zu tun ist in dem weitgedehnten Garten Meiner Signatur.

Was *Ich* bestimme hat die Seinswucht von Äonen.

Meisterschaft im Dienen ist noch immer Meines Seins beglückendste Parole.

Verscherble nicht was du mit Müh errungen, denn deine Kräfte sind nicht ewig virtuos.

Fühlst du`s bunt,
so sollst du nichts als Mich am Bändel haben.

Liebst du Himmelsklarheit im Gemüt, kann *Ich* Sie dir in reiner Fülle und Gelassenheit vergeben.

Der Sprung in *Meine* Weiten
gereiche dir zur Seinsglückseligkeit in corpore.

Bin *Ich* dir entschwunden, beginnst du Fratzen und Gespenster über dir zu sehn.

Ich trage dich zum Sein empor, derweil du dich zutiefst
verankert glaubst im köstlichen Hinieden.

Mein Sein ist Seligkeit, Bewusstheit, Zuversicht und
Herzensfrieden.

Was Mir gehört ist zweifellos auch dein Besitztum in den
Geisteshöhn.

Dein Karges muss der Fülle weichen,
die auch Mich seit Ewigkeit beseelt.

Was Mir Besonnenheit und Zuversicht verleiht, soll auch
dein Gewissen liebevoll verklären.

Taste du dich still voran, bis du ganz von Mir gestillt bist
in den Geistessphären.

Ich hülle dich in Meine Liebe ein
zum Schutz vor Ungeschicklichkeiten.

Urban sein heisst bei Mir,
dem Seinsnatürlichen begeistert frönen.

Bist du, ist alles Lauterkeit, Bewusstheit, Wohlgemutheit
und Erhabenheit in deinem Wesen.

Das Ordentliche, das Ich seinsgerecht um Mich verbreite,
ist auch deines Wesens delikate Destination.

Bist du glücklich, ist Mir der Beglückung
seelenvollste Würdigung gelungen.

Es steht dir frei, dich seinsgerecht mit Mir zu arrangieren;
willst du es nicht schleunigst tun?

Hoch vom Himmel komm Ich her,
dir Herzensglück und Wohlfahrt anzusagen.

Wenn du nur willst, erhebe Ich dich liebevoll und
majestätisch auf den Götterthron.

Im Geiste Meiner Deckungsgleichheit
lässt sich trefflich leben.

Entschwinde dir und komm zu Mir
ins Reich Elysiens.

Ständig will Ich dich dazu ermuntern,
deines Seins Potenzial voll auszukosten.

Wo die Liebe dich beseelt, darfst du in vollen Zügen
Herzensfreude spüren.

Wende dich zu Mir und *sei,*
beseligt in den Geisteshallen.

Wie am Schnürchen läuft dir alles von der Hand,
wenn du nach *Meiner* Regel handelst
im gesegneten Allhier.

Was kommt ist auch schon dem Entschwinden
preisgegeben in der rustikalen Erdennot.

Ich Bin keinem Wandel unterworfen, d
erweil Ich steten Wandel in die Welten säh.

Handelst du vereint mit Mir, ist überall Gelingen
angesagt in deinen vifen Runden.

Komm in Mein Land, wo Milch und Honig fliessen
und wo die Tageshelle nie vergeht.

Was du erbringen sollst, soll *Meinem* Bringen vollends
angemessen sein.

Als kunstvoll und geklärt erweisen sich die Dinge Meiner
Seinsregie in allen Lebensregionen.

Allem Ungemach entronnen, richtest du dich bei Mir ein,
Meiner Würde trefflicher Galan.

4

Deinem Wandel will Ich festen Tritt verleihen

4.1

Dein Glaube hilft dir,
Meinem bis ins Letzte anzuhangen.

Gehst du in die Tiefe,
hebe *Ich* dich auf zu Mir.

Deinem Wandel will Ich festen Tritt verleihen
auf des Lebens Wanderwegen.

Was du kannst das habe Ich schon längst erkannt
in Meinen Unergründlichkeiten

Ich Bin und Bin vom Geist der Hoffnung auf Unendliches
besessen.

Süss wie die Traube hänge Ich am Zweig der göttlichen
Gewähr für Seinsbeseelung, Stattlichkeit und
ewiges Erlangen.

Nur was das Sein betrifft
ist dir zuletzt vonnöten in der langgedehnten
Lebenslotterie.

Was kann dir besseres geschehn als die Begegnung
mit dem Sein der Welten, alleweil in dir?

Rechtschaffenheit und Lebensliebe sind die Sterne über
deinem Haupt, die dich zum Glanz des Himmels führen.

Wo die Redlichkeit Triumphe feiert tritt der
Herzensfriede strahlend vor dich hin.

Deine Sehnsucht nach Erlösung wird von Mir mit
wunderbarer Zuversicht genährt.

Wohl bekomms wenn deine Züge sich geglättet haben
und dein Herzblut sich in Minne an die Welt verströmt.

Bist du konstant auf Freiersfüssen, hast du auch morgen
noch recht viel zu tun.

Was edel ist an dir sei wie mit Gold an deine Stirn
geschrieben.

Vielfache Sieger sind vorzüglich in die Liste Meiner
Gottesfreunde eingetragen.

Kränze sind für Freudentänze da
auf den Auen Meines gütevollen Weilens.

Hast du die Güte Mir zu gehören,
lege Ich die Meine drauf, um Einigkeit zu generieren.

Was bist du denn, Kollege, anderes als Meines Seins
geschwisterliche Eigenart im irdischen Gepräge.

Kommt es dich an, den Weg der Wahrheit zu betreten, trete Ich hervor, dich herzlich zu begrüssen.

Deine Lust am Dasein wird von Mir aufs Innigste bestätigt in den Geisteshöhn.

Die Kunst zu sein ist dir schon in die Wiege mitgegeben, wenn du nur die Gnade hast, dich lebelang darin zu üben.

Helle Freuden bringe Ich hervor in deines Herzens Hof, sowie du Mich darin gewahrst.

Ich will dich alleweil mit Elfenleichtigkeit umschweben, wenn du Mich gewähren lässest mit verständnisvollem Wohlgefühl.

Dein verehrenswertes Publikum Bin Ich, sowie sich dir die Geistessphären offenbaren.

In der Gemeinschaft mit den Seinserlösten will Ich dich glückselig lächeln sehn.

Begreifst du Mein Idyll, kannst du dich freilich in ihm baden.

Ich spreche Klartext zu den Meinen, damit sie, was Ich meine, ungesäumt befolgen.

4.2

Wessen Wille du erfüllst, führt dich zum Himmel
oder ins Verderben.

Ich spanne dich für Meine Sache ein,
wenn du gewillt bist, Mir aufs Tüpfchen zu gehorchen.

Wohl steht es dir an, sowie du von dir sagen kannst:
„Gelobt sei der da kommt in seines Herren Namen".

Ich schätze alles, was Mir anhängt, zu vollbringen.
Und was schätzest du?

Der Wind weht, wo er will und wo *Ich* ihm zu wehn
befehle.

Was draussen ist, ist zugleich auch in Mir in der Folge
Meiner Liebestaten.

Was Ich Bin ist sonnenklar in Meines Seins
verehrenswertem Equilibrium.

Ein Muss ist von Mir vorgegeben, wo dein Reich
wie Meines sich berühren.

Kommunizieren in Gedanken und Gefühlen sollst du als
Erstling guter Taten,
numinos gesehn.

Viele schlittern niederwärts, derweil es dir gegeben ist,
dich in die wunderbarsten Höhen zu erheben.

Auf dem Mainstrom treffe Ich dich an, wo Ich dein
Weiterkommen, Meiner Art gemäss,
ins Unermessliche beschleunige.

So wie es dich gelüstet kann Ich dir zum Sieg verhelfen
oder dann zum Niedergang im gedankenträchtigen
Empfinden.

Körperlich gering, gedankenträchtig grandios Bist du
schon alleweil gewesen.

Was *Ich* pflege, soll auch dir und deinem Hofe
angelegen sein.

Wo du stehst, wird dich Meiner Kräfte Vielfalt
brüderlich umgeben.

Eine Wohltat ist es für dich
Meiner zu gedenken.

Weisst du, dass Ich komme,
fällt es dir nicht schwer Mich würdig zu empfangen.

Es ist dir nicht gestattet, selbst im freien Über-dich-
Verfügen, Meine Grenzen zu umgehn.

Wer hat dich bis hierher getragen? Meine Sorge um
dein Wohlbefinden durch Unendlichkeiten.

Mein Plan ist es, dein Wesen aufzumöbeln bis es
makellos vor Meinem steht.

Was dich Mir verbindet, bindet dich an
strahlende Unendlichkeiten.

Was Mir besonders liegt,
soll auch dir zuvörderst liegen.

Jedes Element im Seinsgefüge soll auch dir zum Wohl
gereichen auf des Lebens lichterfüllter Bahn.

Aufblühn sollst du in der Folge Meiner Liebestaten,
der vollendeten Vereinigung entgegen.

Kalamitäten sind besonders dazu angetan, deinen
Fortschritt zu befördern und dein Wohlbefinden
zu erhöhn.

Du bist von Mir dazu berufen in *Meinem* Sinn
voranzugehn und dabei Bedeutendes zu leisten.

Klugheit ist gewiss nicht zu verachten, Weisheit jedoch
hilft dir weiter in den götterlichten Regionen.

4.3

Wo die Anmut herrscht wird auch die Liebe
wonnevolle Geltung haben.

Eine Studie deiner selbst bist du, mit vielen
eingeschmuggelten Schikanen.

Willst du ein Held sein,
musst du es auch öffentlich beweisen.

Überragende Gemüter sind in Mir
besonders schicklich aufgehoben.

Brennst du, so brenne doch mit einem Zipfel deiner selbst
inständig Mir entgegen.

Flenne nicht,
es wird auch in dir zeitig tagen.

Was immer Ich verehre, ist Mein eigenes Geschick wie
Meine Sagenhaftigkeiten.

Pedantisch Bin Ich nur wo`s darum geht Mein Sein zu
stärken und ihm Unermessliches hinzuzufügen.

Ich fülle jede Leere mit dem Seinsbezug,
den Ich dir freilich offeriere.

Pink ist heute Trumpf in Meinen Hochregalen.

Unsterblich ist worein Ich dich im Widerspruch der Zeit
geschickt erlöse.

Bist du bei Mir angekommen, recken sich dir viele Hände
glückerfüllt entgegen.

Hast du begriffen wie sich alles um Mich dreht, kannst
du dein eigen Werk gelassen zu Vollendung führen.

Ich Bin der, der alles zu Entscheidung bringt in deinem
lebelangen Laborieren.

Ich sende dir Mein Heil, sowie du anhebst
Meinem Göttersinn gemäss zu operieren.

Delinquentes wird von Mir genausogut bestraft
wie von den weltlichen Behörden.

Ich mische auf in genialer Weise was in Lethargie und
Unmut zu versinken droht.

Das Konsequente ist bei Mir schon immer auf dem
mittleren Prodest gestanden.

Gelegenheit macht Diebe, sagt man, doch sie will dich
auch mit unnachahmlicher Geschicklichkeit
zu Mir erheben.

In Wandel bist du offensichtlich in Bezug auf Klarheit
der Gedanken, Lebenstüchtigkeit und Harmonie mit Mir.

Auktionen offenbaren in der Regel Findigkeit und
zielbewusstes Streben; bei Mir überwiegen
Seinsgelassenheit und delikate Seelenruh.

Als ein lichter Hauch ziehst du an Mir vorüber
vielgeliebtes Wesen in der göttlichen Natur.

Der Glamour deiner Taten ist von Meinem Liebeswert
beseelt aus götterlichten Schalen.

Bist du empfänglich für Mein Wort der Weisheit
kann Ich dich damit zum Allerhöchsten führen.

Mangelt es dir an Gedanken, so kann Ich dir die Meinen
aus der Fülle Meiner selbst geflissentlich verehren.

Du taumelst ständig vor dir her und dennoch bist du aufs
Entschiedenste von Mir gehalten und mit Lebenskraft
versehn.

Du *kannst*, wenn du nur willst und lässest dich von Mir
aufs Trefflichste belehren.

4.4

Edelmut und Tapferkeit sind Werte, die unweigerlich
von *Meiner* Herzlichkeit zu deiner strömen.

Meisterdinge zu gebären geh Ich aus und kehre reich
befrachtet mit beseligenden Preziosen wieder.

Du hast dich im Netzwerk deiner selbst verfangen und
Ich befreie dich mit reiner Liebe sanft gestrichnem Ton.

Was *Ich* erreichte wird auch für dich möglich sein,
in massgeschneiderten Amouren.

Die reine Göttergunst gewähr Ich dir mit
offensichtlichem Behagen.

Selbstbewusst und krisenfest kommst du daher, sowie *Ich*
dich mit Meiner Wissenschaft, Wahrhaftigkeit und
Zügigkeit beehre.

Nichts Besseres hast du dir zu erstreiten als das Land, das
Ich durch vieler Väter Hände bis zu dir hinüberreichte,
alleweil zu deinem Wohl.

Verstehst du *Mich* hast du für deine kühnsten
Aktionen alles regelrecht verstanden.

Du musst ja gar nichts wollen, derweil *Ich* alles für dich
Bin in voller Empathie.

Kalkuliere was du immer willst, du verrechnest dich so lange bis *Ich* federführend bei dir operiere.

Die Gefälligkeit, die *Ich* dir ständig offeriere, braucht dir nur bewusst zu werden und alsogleich bist du saniert mit Haut und Haaren.

So clever du auch sein magst, Ich versetze dich ins Unrecht durch die Fülle Meines Seinsgenies.

Alles, was du Klugheit nennst, ist für Mich ein Tropfen in das Feuer Meiner Überlegenheiten.

Was dir frommt ist *Meines* Frommseins silberhelle Attitüde.

Hängst du zu sehr an Weltengütern, lass *Ich* sie dir entschwinden, damit du *Meine* wieder estimierst.

Was dir Geltung schafft in Meinem Reiche ist Vertrauen in des Ewigen Wohl.

Bist du kann dich nichts ins Abseits deiner Geisteswürde führen.

Ich begabe dich mit Lebensqualität, die sich wahrlich sehen lassen kann in deinem Dich-in-Mir-Begründen.

Wenn *Ich* rede spricht der Schöpfer Zauberworte in des Alls Begründen.

Ich tränke deines Seins Gehaben mit dem Lichte der Allherrlichkeit in wunderbar poetischer Manier.

Nicht was *du* leistest ist von Weltbelang,
jedoch das Meine in nie verebbender Bravour.

Ich löse das Gebundene in unerhört gefälliger Manier.

Trost und Liebe gilt es zu verzeichnen
im zu Mir erhobenen Gemüte.

Brauchst du Gewinn, sieh doch Ich denke ebenso und denkst du anders, lass Ich dich in alle Winde fahren.

Kennst du das Wort Mäzen, kannst du beruhigt auf Mich zählen.

Bewundern sollst du Meine Art
Mich in Allweiten zu behaupten.

Bist du, kann dir beileibe nichts mehr fehlen.

Das Konstante braucht es, wahrhaftig Seinspotentes
zu kreieren.

4.5

Ich verlange von dir, dich in Sachen Seinsbewusstheit
und Natürlichkeit beharrlich an Mein Wort zu halten.

Du gefällst dir noch in wunderlichen Eigenheiten,
derweil *Ich* diese längstens überwunden habe.

Losgelöst von allem was dir anhängt
sollst du Mir ergeben sein in Myriaden Variationen.

Einer Klapperschlange sollst du dich nicht nahn
gemäss dem Weissbuch, das Ich dir verliehen habe.

Wenn der Abendsonne milder Schein dein Häuptlein
übergeleitet darfst du alleweil die Seligkeit des Seins
geniessen.

Das Natürliche beliebt, sich selber Kränze und
Verzierungen zu winden.

Was immer du bewirkst, wirkt munter fort
für Ewigkeiten.

Kein Verhängnis kann dich von Mir trennen,
es sei denn deiner Selbstheit starre Kubatur.

Achtlos geht der Selbstgefällige an Mir vorüber
in des Geisteswindes lauem Wehn.

Sowie *Ich* komme, geht alles seinen rechten Weg.

Du bist ja so empfänglich für was Ich dir ein Leben lang
erkläre, wenn du nur offen bist dafür.

Der Wählerische neigt dazu,
sich nimmer zu entscheiden.

Woher du kommst, muss Ich dich nicht erwarten,
weil Ich immer bei dir war.

Die Lieblichkeit der Sterne macht auch deine Seele
licht und schön.

Wenn du zu gehorchen weisst, kann Ich dir die besten
Tipps fürs rechte Leben geben.

Zum Licht gewendet wirst du bald einmal die Heiterkeit
Elysiens erfahren.

„Na komm schon",
überwindet manches zögerliche Seinsgebaren.

Das Typische ist immer auch der Ausdruck einer
festgefahrnen Option.

Nun sieh du zu, was sich noch machen lässt
in deinen Konspirationen.

Meine Absicht ist es, keine mehr zu haben.

Bist du gründlich informiert, kann dir auch das
Schlimmste nimmer schaden.

Alles ist so gut, wenn du nur in der göttlichen
Behutsamkeit zu leben weißt.

An Mir kommt nichts und niemand in der Welt vorbei,
weil Ich selbst das Minikrimste und Vergänglichste in ihr
auf geniale Art geschaffen habe.

Willst du Mich finden sieh, Ich Bin bereit vor deiner Tür
dass du sie öffnest, Meinem Sinngehalt entgegen.

Mein Brauchtum ist dem deinen haushoch überlegen,
weil es sich im Sternenraum vollzieht,
über allen Weltenturbulenzen.

Ins Praktische muss alles münden, was du vorhast,
- und in Mich dazu

Kennst du Bedenken?
Augenfällig sind sie nur in deinem Wahn,
den Weltlauf eigenständig zu bestehn.

Ich lasse dich im Frieden ruhn sowie es dir gefällt,
an Friedefertigkeit zu denken.

4.6

Das Schöpferische setzt sich aus Genie, Vertrauen und Gottseligkeit zusammen.

Sobald dein Wille nicht mehr zählt, beginnt der Meine segensvoll zu wirken.

Verbirgst du dich in Meinen Falten, wird dein Leben licht und schön.

Die Kontrolle über deine Angelegenheiten wirst du alleweil Mir überlassen müssen.

Mach es kurz, damit Ich dich der Länge nach beschatten und beglücken kann.

Deine Stunden sind gezählt, derweil den Meinen niemand beikommt in den Universenräumen.

Niemand wagt zu widersprechen, wo Meine Donnerstimme sich erhebt.

Kennst du den Ruf: „Ich Bin", kann dir beileibe nichts mehr schaden.

Manifest der Liebe Gottes Bin Ich in unendlicher Gewähr.

Was immer du erträgst, ist letztlich von Mir ausgetragen.

In der Verjüngung deiner Seinsgedanken
liegt die Würze deines Wohls.

Du *kannst*, wenn du willst
und musst es Mir nur sagen.

Ich glitt in weite Fernen, dich zu suchen,
bis Ich dich in Meiner Nähe fand.

Mein ist die Stille fürstlichen Gehabens
und soll auch deine sein im Wunderbaren.

Konsequent und krisensicher schreite Ich auf die
Vollendung zu von Meines Ideals Erstreben.

Das Kongruente schafft Vertrauen in die Seinsfragmente,
die Mir innewohnen.

Du hangelst dich in hunderttausend Variationen
konsequent zu Mir hinan.

Mein Sinnkreis ist das Reich des mystischen Begehrens,
Meine Tugend der beseelten Geisteswelt Idol.

Mit Licht verbrämt geh Ich allorten seinsgewiss einher,
den Weltendämmer zu erleuchten.

Die Könner kennen Mich bis in die letzten Fasern Meines
Seins in der Geselligkeit der Weltensphären.

Rasant bewegen sich die weltgewandten Stürmer um den eignen Pol, derweil sie *Meines* Reiches Liberalität entdecken sollten.

Ich begleite dich auf deinen Wegen
trotzend jeglicher Gefahr.

In der Quarantäne deiner selbst vermissest du
den Duft der Universenweiten.

Mit der Weihung an den Herrn beginnst du
quer durch alle Lebensoffenbarungen Erfolg zu haben.

Bei den Hirten ist gut leben, weil sie unverdorben sind
und gläubig, dankbar und aufs Wunderbarste generös.

In Mir ist alles Ungemach der Lebensnächte
aufgehoben.

Majestätisch senkt sich *Meines* Willens Kraft auf Myriaden Welten nieder.

Zwischen zwei Unendlichkeiten
Bin Ich unverrückbar da.

Ich vertraue voll und ganz auf alles
was Ich Bin und werde.

4.7

Die Günste Gottes zu erfahren geh Ich aus und kehre mit
gefüllten Körben freudestrahlend wieder.

Ich Bin die Gottesgüte selbst,
wenn Ich zutiefst Mein Herz befrage.

Wo anders willst du hin, wenn nicht zu Mir
in deinen vielverschlungnen Lebenslagen.

Tröste dich mit dem was du noch hast und lasse
das Verlor`ne unbekümmert fahren.

Mit ihrem liebenswerten Blinken helfen dir die Sterne
wenn du Ruhe nötig hast in deinem leidenden Gemüte.

Wo *Ich* Mich finden lasse,
herrscht Holdseligkeit in reinen, feinen Zügen.

Nur *Ich* kann wissen, wie es wirklich um dich steht, um
dir Genesung zu gewähren.

Präge dir die Worte ein: Ich Bin Mir selbst verpflichtet in
der Loge derer, die Gottseligkeit verwirklicht haben.

Was dir von Mir bekannt ist, ist minim, derweil Ich deine
Seinsgeschichte aus dem FF kenne, generationenweit
gesehn.

Du Bist in Wahrheit was *Ich* Bin
im sagenhaften Seinsgeschwader.

Was du vermagst, vermag Ich ebenso
in der myriadenfachen Quadratur der Universenweiten.

Bist du für dich selber minikrim, so grandios bist du als
Angebinde Meines gottbegnadeten Geblüts.

Gott macht sich sichtbar
durch Mein Herzenssehnen.

Bescheiden und beseelt sollst du vor Mir erscheinen, als
der Inbegriff der Weisheit im Allhier.

Von Gott beseelt sein heisst: die Tugend, Jugend und
Bewusstheit der Unendlichkeit erfahren.

Wenn du nur willst, so kann Ich dich
mit der Gewissenhaftigkeit Elysiens begaben.

Erschüttert stehst du da vor dem Unendlichen, derweil
Myriaden unbewusst an ihm vorübergehn.

Du wanderst seit Äonen durch das Sein
noch ohne seiner Grazie gewahr zu werden.

Selbst banal erscheinende Ereignisse können dich
geradewegs zu Mir und Meinem Fürstenhofe führen.

Durchdringe mit Gefühl, was du bedenkst,
um dich zu Mir emporzuheben.

Ich freue Mich auf das Ereignis Meiner Niederkunft
zu dir in Freudentränen.

Nichts verstehst du von der Zeit
ohne dass du auch das Ewige begreifst
in deinem Höhwärts-Streben.

Was kostet dich ein Wort von Mir? Keinen Sou, doch
wenn du es befolgst kann es dir kostbar werden in der
Folge deiner Taten.

Wo gehst du hin,
wenn *Ich* dich nicht zum Gloriosen führe?

Die Geisteswelt ist sagenhaft für dich, sowie du es
verstehst dich bewusst in ihr zurechtzufinden.

Nicht der Broterwerb allein ist relevant für dich, sondern
das Vollbringen meisterlicher Taten.

Was es zu tun gibt in den Höhn soll dich bewusst
beschäftigen aus Herzensfreude und Gewissensnot.

5

Der Glanz in deinem Augenspiel

5.1

Wie verhält es sich mit deinem Ernst, dich Stuf um Stufe
zu Mir aufzuschwingen?

Du bringst Bewegung in dein Geistesleben, wenn du`s als
das Meinige erkennst in deinem Vor-dich-hin-Sinnieren.

Mächtig sind sie nur, weil sie sich geniale Geisteskräfte
angeeignet haben.

Deine Tugend sei Gehorsam
in der Götter liebevollem Schoss.

Ich ergänze, was dir fehlt, um ein Beträchtliches,
um dir Meine Güte zu erweisen.

Ich Bin, um in der Schlichtheit göttlichen Gebarens
Welten zu erbauen.

Ich erbarme Mich der hilfesuchenden Gemüter,
die Mein Wesensein noch nicht in sich erfahren haben

Der Glanz in deinem Augenspiel wird alleweil von Mir
und Meiner Herzensgüte zeugen.

Erntedank ist immer auch ein Fest der Freude
um den Gottesthron.

Wachheit tut dir not in deinem
tief empfund`nen Seufzen.

Mehr als plausibel kann, was Ich verkünde,
nimmer sein.

Ich handle nach Gesetz und Sitte und lasse Mich von
keiner noch so klugen Ideologie
zur Ungerechtigkeit verführen.

Du stolzierst einher als ein gelehrter Gockel und kannst
deine Albernheit dabei nicht konstatieren.

Im Verhältnis zwischen dir und Mir muss sich noch
manches radikal verändern.

In der Regel traue Ich Mir
wahre Meisterdinge zu.

Wovon Ich regelrecht zu schwärmen pflege
magst auch du entschieden profitieren.

Meine Situation ist die des grenzenlosen
Herzensfriedens.

Ehren sollst du Mich, wie man den Retter
aus verheerender Gefahr verehrt.

Eine Schlinge für den Hals
ist bei Mir keine Option.

Wer die Müh nicht scheut darf frohgemut
auf Meinen Höhenpfaden wandeln.

Was bringe *Ich* auf das Tapet des Lebens,
sollst du dich in allem Ernst befragen.

Aus *Meinem* Geist bist du geboren, in *Meinen* Geist
wirst du dich seliglich verwandelt sehn.

Meine Ichheit ist dir gütigst und vertrauensvoll
dahingegeben.

Im Konsequentsein hinkst du noch beträchtlich
hintennach.

Das Joviale ist bei Mir verschwindend
klein geschrieben

Ich Bin im Geiste ins Elysium entrückt,
Mein Sein herzinnig zu geniessen.

Eine Wohltat folgt der anderen, sowie du Mich
zum Zeugen deiner Gläubigkeit erwählst.

5.2

Was dich tüchtig fordert kommt von Mir,
um dein Mütchen wohlbedacht zu kühlen.

Gleichgesinnte sind gesandt,
dich näher an Mein Sein zu führen.

Kennst du Meinen Kürzel,
kann dir kein Missgeschick geschehn,
im unendlichen Bewahren.

Was wundert's dich, wenn alle Stricke reissen,
sowie du den Kontakt verloren hast zu Mir.

Magnetisch bist du von Mir angezogen, derweil du
deinen Blick zum Sein erhebst.

Seinsmagie ist es, womit Ich dich beehre
in der Allegorie des Weltenlebens.

Dein Gewinde ähnelt dem Govindas, wenn du anhebst
ihm die Ehre zu erweisen.

Du beginnst die Lebensdinge zu umtanzen
in der Liturgie des seinsbewussten Dich-Verstehns.

Das Gespanntsein auf was kommt ist deiner Reife
zuzuschreiben im begeisternden Allhier.

Vaterländische Manieren machen dich
vor Meinen Augen morgenschön.

Nebulöses mag Ich von dir nimmer leiden,
nachdem du ein paar Schritte, Meiner Hoheit zu, getan.

Moderat sein heisst bei Mir, die Zügel
zügig in der Hand behalten.

Lustiges ist nicht
mit Lächerlichen zu vergleichen.

Die Zeiten starken Wandels sind für dich
besonders lehrreich und ergiebig.

Delinquente machen sich das Leben schwer
in der Hoffnung es leichtfüssig zu betreiben.

Ich will dir tüchtig auf die Beine helfen, eh du sie
verlierst.

Mein Scharfsinn zieht die Zügel an, sowie du sie
zu locker hältst in deinem Über-dich-Verfügen.

Bist du seriös, kann Ich dein Wissen über dich
enorm vermehren.

Die Beziehung zum Unendlichen verhilft dir dazu,
wahre Menschengrösse zu erreichen.

Mysteriöse Dinge lass Ich dich vollbringen
auf der Wichtelmänner Spuren.

In dir ist Salziges vom Süssen kaum zu unterscheiden,
weil du lau geworden bist in deinem Über-dich-Verfügen

Du solltest dich dem würdigen Gebrauch
von deinen Qualitäten nicht enthalten.

Wie clever bist du da. Du veräusserst dich nicht mehr
im profunden Seelenleben.

Wie kannst du dich gerade jetzt erfühlen?
In der Glückseligkeit, die dir das reine Sein gewährt.

Deine Pläne sind die Meinen, wenn du dich der Echtheit
Meines Gegenwärtigseins ergibst.

Bist du die Ruhe selbst, kann *Ich* dir noch
das reine Sein dazu vergeben.

Was klagst du über Trockenheit in Herz und Kehle,
wo doch Meine Keime wundertätig in dir spriessen.

5.3

Errate Mich in dir
und du bist saniert für Ewigkeiten.

Am Quellgrund Meiner Güte ist gut leben
in glückseliger Gewähr.

Meine Weisheit geht der deinen meilenweit voran,
doch in deiner Herzensnot will Ich sie dir voll Liebe
doch gewähren.

Worauf willst du bauen, wenn nicht auf Mein
untrügliches System im Unergründlichen.

Meine Gegenwart ist intensiv und innig,
wenn du sie verspürst.

Im Überschauen eines Totenfeldes
weckst du das Lebendige in dir.

Lebst du im Schatten?
Ich will dich wieder in den Sonnenschein erheben.

Keine Mühe sei dir unerschwinglich,
dich in Mein gottseliges Umkreisen zu begeben.

Wachst du auf in Mir,
wird dir Unendliches hinzugegeben.

Was du immer tust, ist sogleich in Mein Weltbewusstsein
eingeschrieben.

Ich warne dich vor ungewissen Ängstlichkeiten.

Suche die Gewissheit nur in Mir.

Was Mich berührt, das soll auch dich berühren
in der Wohlgeordnetheit der Geistessphären.

Auf das Ganze Eingeschworene verhalten sich adrett
selbst in den diffizilsten Situationen.

Was du von *Mir* lernst ist weitertragender
als das Getragene der besten Universitäten.

Ich motiviere dich mit Geistespfeilen
zur Beweglichkeit in *Meinem* Sinne und Gebaren.

Bis zum Verschwinden schwindest du in Meine
Unermesslichkeit hinein, wenn du nur willst
Mein wunderbares Sein berühren.

Du kommst und gehst zugleich von deiner Welt zu
Meiner, feuerstrahlenden Gemüts.

Was dir bekannt ist, mehre Ich
mit für dich auserlesnen Geisteszügen.

Wer kann sich rühmen, so wie du zu sein,
nachdem du Mich gebührend in dir aufgenommen?

Das Numinose wird dir stets vertrauter,
wenn du nur die Gnade hast
ihm in deinem Herzen Wohnrecht zu gewähren.

Das Geringe fördern und dem unverschämt Gewordenen
die Türe weisen
ist dein delikates Menschenlos.

Bringst du es übers Herz, das Unversöhnliche von dir zu
weisen, kann Ich dich mit Meiner Seinsgeschmeidigkeit
beehren.

Deine Haupteshaare sind von Mir gezählt, und hast du
keine mehr, so will Ich deine Seinsgedanken zählen.

Wen wundert's, dass du so bequem geworden bist, ob den
vielen Kissen die dir ständig zur Verfügung stehn.

Hast du Meinen Drill begriffen, wirst du dich willig
unterziehn, im meisterhaften Reagieren.

Was die Treue zu Mir anbelangt,
ist sie dir bestens zu empfehlen.

Dank, ihr Herren, danke Herr für deine
auserlesnen Geistesgaben.

5.4

Wann wirst du dich im Zauber der Glückseligkeit
in Mir verlieren?

Verschütte nicht, was du zum Zeichen Meiner Gunst
in dir bewahren solltest.

Deine Seinsbewandtnis ist wie nicht von hier,
doch die Meine ist es noch viel mehr,
in Meinen selbstbewussten Weiten.

Die Konstanz in Meinen Schauen ist seit langem Legion
und kann niemals hingehalten werden.

Brach liegen deine Felder, derweil auf Meinen
blühende Gestaltungen geschehn.

Agil sein heisst bei Mir: zur rechten Zeit zur Stelle sein,
wo es was zu tun gibt
im unendlichen Getriebe.

Geschmeidig sein statt bockig zeigt die Überlegenheit
des Mutigen in Meiner götterlichten Seinsmanier.

Das Freundliche ist immer auch das Reüssierende
in Meinen überragenden Geschwindigkeiten.

Bringst du Meine Seinslebendigkeit voran,
kann Ich dir versichern, dass Ich mit dir operiere
im begeisterten Gewissen.

Wohlfeil ist kein Ding in Meinen Schiebezügen,
doch ist es umso kräftiger mit Seinssubstanz geladen.

Kritik sollst du nur an dir und nicht an andern üben
zur Betreuung dessen, was da vor dir liegt.

Willst du Konsequenzen tragen, trage sie Mir vor,
damit Ich dir den Schneid dazu verleihe.

Wem das Leben lieb ist hält es rein von Sorgen und
Befürchtungen in seinem hoffenden Gemüte.

Was geistert du herum, wo andere schon längst im
Herzensfrieden ruhen.

Kein Traum ist höher, als in der Harmonie des
Sternenalls von Mir zu träumen.

Mit wem vermagst du dich auf ewig zu verbinden, wenn
nicht mit Mir in der Unendlichkeit der Himmelssphären.

So wie du dir selbst erscheinst, erscheine Ich vor Mir
in allen Daseins heiterer Perfektion.

Die linde Lauterkeit in Meinen Zügen stellt sich auch in
deinen ein, sowie du deine Lebensfelder
Mir zur Seite überschreitest.

Das Kongruentsein mit dem Götterlichten sei dein
allerhöchstes Ziel.

5.5

Nur wer sich wandelt, wandert selbander mit Mir
auf denselben Höhenpfaden.

Trachte danach zügig und gekonnt zu laborieren,
damit noch viele Werke deiner Meisterschaft erstehn.

Was letztlich zählt ist deine Haltung
Mir und Meinem Anhalt gegenüber.

Verwundert reibst du dir die Augen,
wenn du Mich in dir erfahren konntest.

Das Leben ist so süss im Wohllaut
Meiner Offenbarungen.

Bachblüten sind nicht zu verachten, wenn es darum geht,
der Heilung Füsse anzumessen von bewundernswerter
Qualität.

Alles, was du zielbewusst vollbringst ist dergestalt
von Mir gesegnet, dass es gelingen *muss* in allen seinen
Variationen.

Stehst du Mir bei in Meinem Weltumfangen,
Bin Ich dir des Aufbruchs sinngeladener Gefährte.

Mustergültig sei dein tägliches Verhalten Meinem
gegenüber, damit es von Mir honoriert und mit
Beseligungen aufgewogen werde.

Was Ich dir ins strahlende Bewusstsein führe
ist der Merksatz: sei und habe nichts als Mich im Sinn
im Zuge deiner vielverzweigten Aspirationen.

Fertig bist du nie, doch deiner Fertigkeit gemäss kommst
du, wie`s Füllen auf dem Wiesengrund, voran.

Wie eh und je steh Ich dir bei in deiner Sehnsucht nach
Erkenntnis deines diffizilen Wesens.

Nur *Meine* Seinsbewusstheit kann ermessen, wie die
Dinge wirklich liegen in dem unermessnen Weltgewühl.

Ich warne dich vor dem Zuviel wie dem Zuwenig
in der Lauterkeit und Zielbewusstheit deines Strebens.

Was *Ich* wünsche sei auch deines Willens
kühne Strategie.

Magister sein ist anspruchsvoll und vollgeladen
mit gottseligem Erfahren.

Innovativ und tatenfroh gehst du zu Werke,
wenn es dir bewusst ist, Meines zu vollbringen.

Im Rahmen des Gekonnten kannst du Wunderbares und
Gottseliges vollbringen.

Macher sind die Vielgeliebten ihres Herrn
in der Vielfalt prächtiger Illusionen.

Bodenständig sein ist die beherzte Tugend derer,
die am höchsten in den Himmel fliegen.

Machst du mit, so kann Ich dich ins reine Sein erlösen.

Tulpen sind geradeso beschaulich
wie das Himmelslicht, das sie beseelt.

Nun heisst es für dich tapfer sein in *Meinem* Sinne,
um den Weltbau zeitig zu vollenden.

Was dich betrifft wird dich auch treffen, unfehlbar,
in der Gerechtigkeit der Geistessphären.

Die Lieblichkeit der Sterne soll für dich der Anlass sein,
dich in Meinem Milieu inständig wohl zu fühlen.

Verstand und Herzensgüte können sich in Mir aufs
Köstlichste vertragen.

Die Marxisten sind auch nicht die Brävsten unter den
Bestrebten, seinsgerecht zu sein in ihren Akquisitionen.

5.6

Begreifen heisst: Mein Wort im Herzen umzurühren,
bis es gar ist für die Labsal, die Ich dir bereiten möchte.

Es laben dich die von Mir losgelösten Seinsgefühle
zweifellos in deiner Seele seligem Gemach.

Was klingt hier durch, wenn nicht *Mein* Wort in den
philisterhaften Erdentagen.

Mir hast du alles zu verdanken, derweil es dir bewusst
wird, was du *Bist* in deinen weltgewandten Agitationen.

Im Bunde mit den vielen sollst du immer nur den einen,
universenweiten mit Mir sehn.

Immer gilt es, dich vom Meer ans Land zu spülen,
wo der Friede herrscht und wundertätiges Versöhnen.

Es ist die Kunst des Seins, die dich zu dem erhebt,
was du dir sein sollst in der Pracht des Numinosen.

Was kann überragender für dich infrage kommen,
als die Offenbarung Meines Wesens in der Morgenfrüh.

Alle Dinge kommen zu dem, der warten kann.

Was treibt dich um, wenn nicht Mein
sprossender Gedanke in den Weiten deiner Seinskultur.

Dann setzest du den Hebel richtig an, wenn er von
Meiner Hand geführt wird, alles bestens auszutragen.

Der Kalendermann reisst Blatt um Blatt herunter,
doch du zögerst seiner Seinsdynamik zielbewusst
zu folgen.

In nomine Domini soll alles an dir hellbewusst
gefördert werden, dem gottseligen Triumph entgegen.

Mit theatralischen Gebärden magst du viel in deiner Welt
erreichen, doch bei Mir versagt das klägliche Geriffel
deiner Spuren.

Der Magnetismus ist beträchtlich
in allem wo *Ich* Boome.

Das Bedauern bringt nicht viel,
der Wille zur bewussten Tat dagegen schon.

Meisterdinge zu entdecken, zog Ich aus und kehrte reich
mit Geistesfracht beladen wieder.

Was dich besonders ziert ist das Befolgen Meiner
gottbegnadeten Ideen in unendlicher Manier.

Ich singe lauthals was dich motivieren soll
zu meisterlichen Taten.

Willst du Mich sieghaft zeitenlos vertreten?

Wahrlich sag Ich dir: du Bist
und könntest es nicht besser haben.

Kontinuität und Klarsicht sind von Mir
gefühlvoll in dein Herz geschrieben.

Zu Mir gewendet brauchst du nicht nach weiterem
zu schielen.

Blütenzart und – schrecklich musst du sein
in Meinem benedeiten Namen.

Mein Sein ist deinem innewohnend, mehr und mehr,
in der Gefälligkeit der Erdentage.

Die Herzlichkeit an Meiner Stätte sichert sich dein
Wohlgefühl im Nu.

Mein Plan für dich ist aufgegangen alsogleich
wie du ihn im Erkennen estimiert hast.

Was die Völker leisten sollen
muss beim Einzelnen beginnen, akkurat bei dir.

5.7

Wo es immer brennt geruhe Ich Mein Geistesöl ins
Flammenmeer zu schütten, deiner Eigensinnigkeit
entgegen

Tatsächlich treibt dich etwas um, was du mit Mühe nur
beherrschest, liebenswertes Publikum.

Der Glanz der Stunde offenbart sich in der Farbe,
die du genialerweise für sie auserwählt.

Bist du eine Wiege guter Taten, wiegeln sich in dir
die Lebensdinge auf zur vielgeliebten Welten-Harmonie.

Wo die Weltendinge sich berühren offenbart sich neues,
ungebührlich oder licht und schön.

In Licht-Kaskaden überfährt die Sonne Berg und Tal
und versprüht sich zauberhafterweis in ihnen.

Was brauchbar ist, verbreitet sich von selber
durch die Logik, die ihm innewohnt.

In der Hemisphäre Meines Mich-Belauschens wende Ich
Mein Sein Mir selber zu, um es ständig zu verfeinern.

Bist du ein Manifest des Hoffens, fängt auch dein Hof
zu wirken an, in wunderbarem Seinsgenügen.

Was immer dich verwirbelt ist an das Auge des Taifuns
gebunden, das Ich Bin und das dich heimholt ins
unendliche Gedeihen.

Liebst du Mich kann deinem Seelensein nichts
Schädliches geschehn, derweil du durch Gefahren watest
weise und erhaben.

Dem Leitwolf, der Ich Bin, sollst du als Seinsgefährte
folgen, einem lichterlohen Ziel entgegen.

Nach langem Dösen will Ich dich zur Wachheit,
Klarsicht und Gewissenhaftigkeit erlösen.

Bist du was du Bist, erscheinst du vor dir selber als ein
Wunder seelenvoller Harmonie.

Kein Flickwerk mag Ich dulden, wo gehämmert wird und
hochgezogen.

Mein Wille fordert Fachwerk
höherer Ordnung und Regie.

Hast du dich dem Trug entwunden, lichtet sich dein
Wesens Steinsstruktur zu seligem Gewahren.

Hüben und drüben dieselbe Regie
von gottesmütterlichem Raunen.

Markant und meisterlich sind Meine Züge vor dich hin drapiert, um der Wohlfahrt willen deiner wägsten Meditationen.

Wo von Sinn die Rede ist Bin Ich dabei im Andersartigen.

Versäume nicht das Meldepflichtige an Meinem Hofe zu erfüllen in der Zeit des wachen Disponierens.

Konstruktive Solidarität ist Meines Bleibens Sinnkraft unter Meinesgleichen.

Du trittst zu Mir hinüber in dem Mass wie deine Kräfte Meinen Geltung zu verschaffen wissen.

Mein Beraten zieht dich ohne jeden Schwenker feierlich ins Ziel.

Das Penetrante hat bei Mir kein Brot und findet keinen Absatz in der Vielfalt Meines Götterwesens.

Was vor Mir brach liegt wird sogleich begossen und zur bewundernswerten Blüte hochgezogen.

Mit Wildheit richtest du bei Mir nichts aus, doch mit der Sanftmut eines Wassertropfens.

Ich lege Meine Karten wohlgemut und siegessicher
vor dich hin.

Botengänge zu Mir sind allüberall im Spiel
der tausend Möglichkeiten, die ich Mir beständig
offenhalte.

Transaktionen multiplexer Art bedingen folgerichtiges
Dir-selbst-Genügen.

Im Gewand der Universenweiten komme Ich daher
als der Gesegnete von eigenwilliger Distinktion.

Mir ist nichts aufgegeben, ohne dass Ich es in eigener
Regie verwirklichen und unterhalten kann.

Was Ich Mir Bin kann *Ich* am besten unterscheiden.
Was kannst du?

Am Effektivsten leitest du dich selbst durch deine
seelenvollen Meditationen.

Sieh an Mein Schweigen und versinke ebenfalls
in das herzinnige Betrachten deiner Lebenssituation.

Es funkeln dir die Sterne ihr Geheimnis nächtelang
entgegen, doch du begreifst es nicht, ohne Mich zu
konsultieren.

6

Sagenhaftes mute Ich dir zu

6.1

Traditionen müssen nicht ins Lächerliche münden,
wenn sie in Mir verankert sind für Ewigkeiten.

Nicht Kohl doch kühne Kostbarkeiten sind auf
Meinem Markte gegen Götterwährung zu gewinnen.

Stellst du dich in Meine Reihen ein, kann Ich dir das
Brusttuch der Gelassenheit am Sein und Leben
freudestrahlend überreichen.

Nicht symbolisch sind die Gerechten Gottes,
aber konsequent und mit dem Siegel der Holdseligkeit
versehn.

Mein Du nun geh nur zu, die Universenweiten sind dir
offen und *Meine* Herzlichkeit darin.

Pflegst du das Ritterliche, kann Ich dir zu einem
Flügelpferd verhelfen.

Du solltest dich vom Kapitän der Selbstgefälligkeit
zu dem der himmlischen Gerechtigkeit verwandeln.

Die Perspektive deiner Dispositionen führt dich in
wunderbarer Weise dem Unendlichen entgegen.

Die Lebenskrisen sind von Mir gewollt, um dich gekonnt
in höhere Gefilde zu erheben.

Mach dir nichts vor, es wird sich alles noch
in *Meinem* Sinne klären.

Bist du darauf bedacht Mich anzuhören,
kann Ich dir von Gottes Weistum was erzählen.

Mich verlangt nach wohlgelungnen Taten
im Milieu der Menschlichkeit und Herzensgüte.

Kommt es dich an zu resignieren, wende dich abrupt zu
Mir und schon bist du vom Unverstand aufs Trefflichste
genesen.

Ich bringe dich voran im selben Mass wie du dich vor
Mich hin bewegst im bewussten Gottesstreben.

Im Grund genommen ist die Stunde des Entfaltens
für dich immer da, nur musst du sie gekonnt ergreifen.

Als Renaturierter will Ich dich in Meiner Landschaft
sehn, von holden Grazien umgeben.

Erwecken will Ich dich zum Sein
in des Fülle des erhabenen Gestaltens.

Blindlings sollst du nie durch Meine Gassen gehn,
wach jedoch bis in die Zehenspitzen.

Sagenhaftes mute Ich dir zu
im weitgedehnten Seinsumfangen.

Ohne obligates Beiboot sollst du den Kanal
mit vollen Segeln überqueren.

Pfiffig sollst du in die Saiten greifen,
wonnevollen Melodien zu.

Ich will die Tänze um dein Sein
mit Kastaniettenklimpern maserieren.

Klage Mich nicht an, wenn es dir schwerfällt, Meine
Pfade zu beschreiten; Ich habe es äonenlang getan.

Was dir imponieren sollte
ist die Seinsgeduld mit der Ich ständig operiere.

Ich setze dich in Kenntnis von dem Wunsch dich einst,
in Meines Seins Gefieder eingeflochten, zu erfühlen.

Was der Läuterung bedarf lass ruhig bei Mir liegen;
Ich vollende das Gefüge deiner Unvollkommenheiten.

Barhaupt und vergnüglich will Ich dich die Grenze
zu Mir überschreiten sehn.

6.2

Ich verfüge über Möglichkeiten
alles, was da *ist,* gekonnt und liebevoll an Mich zu ziehn.

Das Paternoster sollst du eifrig rezitieren,
damit Mein Herz erwarme, deinem zu.

Der Friede kann nie hoch genug gepriesen werden,
mitten in der Zeit der Lästermäuler und Chaoten.

Die Strategie der Herzensgüte wie des silberhellen
Seinsbewusstseins ist noch immer aufgegangen
in der Gottheit liebevollem Schoss.

Ich rufe und du kommst,
du kommst, weil Ich dich zur Beseligung berufen habe.

Fehl am Platz sind deine Klagen über das was dir
geschieht, denn alles kommt seit Urbeginn von Mir,
dich zur Gottseligkeit hinanzuführen.

Momentanes soll dir immer mehr entschwinden
vor dem Ewigen, das dich von innen her bewegt.

Niemals lasse Ich dich fallen,
weil du zu Meines Wesens Innigkeit gehörst.

Die Kontinuität der Evolution gilt auch für dich
seit Ewigkeiten.

Das Typische kommt bei Mir sonderlich zur Geltung,
weil es allem angehört.

Beziehst du Position für Mich,
will Ich dir gerne auf den Sockel helfen.

Deine Machart unterscheidet sich nicht im Geringsten
von der Meinen, weil es immer schon die Meine war.

Was massest du dir an, dein mickeriges Ich
mit Meinem zu vertauschen?

In Serpentinen windet sich dein Weg,
dem Überirdischen entgegen.

Das Köstliche gebiert in jedem Falle
neue Köstlichkeiten.

Wer sich mit Mir anlegt,
hat schon zum vornherein verloren.

Bist du willig, kann *Ich* dir genauso gut zu Willen sein.

Dein Ränkeschmieden kann nur Unheil stiften,
derweil dem Meinen fabelhafte Folgen eigen sind.

Nicht so leicht reichst du
Meine Heiligkeit heran.

Lässest du dich mit Mir ein,
so kannst du was erleben.

Patrioten gibt es schon genug,
doch Bewohner *Meines* Reiches sind noch selten.

Das Listige versteckt sich hinter Lügen, doch die
Wahrheit kommt auf jeden Fall zum Zug.

Was du von Mir kennst ist nur
der Abglanz Meiner Züge.

„Befiehl du meine Wege", sei dein innigstes Gebet
im Handeln und Verweilen.

Weihe dich dem Sein
dem Weltenleben zu genügen.

Was *Ich* in dir wirke, wirkt für Ewigkeiten.

Ich lehre dich Konstanz im Aufwärtstrend
den *Ich* in dir angestossen.

Kennst du den Vorsatz, den du einst für dich gefasst,
kannst du ihm ruhigen Gewissens folgen durch dein
Schicksals Provokationen.

6.3

Ich Bin der Webermeister, der das Tuch der Weisheit
flicht, über deinen seelenvollen Aspirationen.

Das Gewandte ist von *Meinem* Geist
durchflutet und belebt.

„Miserere nobis" kann auch hilfreich sein,
wenn dir der Kamm zu hoch gewachsen.

Ich gedenke deiner,
ehe deine Wenigkeit im Grabe liegt.

Die Quintessenz von deinem Leben soll das Erkennen
deiner Geisteswirklichkeit inmitten Meiner sein.

Öffne dich dem Segen Meiner Interventionen
die dich aufs Köstlichste erlaben.

Kerngesund ist, was Ich Bin, in allen Höhenlagen.

Das Treffliche trifft ein im Zuge deiner Meisterschaft
im gottbewussten Pläneschmieden.

Alles in Mir ist Gewinn an Geisteskapital.

Das Heitere ergibt sich aus der Summe des allweltlichen
Geschehns.

Hast du dich im Buch der Weisheit eingeschrieben,
brauchst du keine Sudelhefte mehr.

Fliesst *Meines* Geistes Blut durch deine Adern
ist dir kein Doping mehr vonnöten.

Noch lang genug hast Du an dem zu knacken,
was *Ich* dir vor`s Gemüt gelegt.

Rechne nicht mit dem, was dir die Welt entbietet,
aber zähle unbedingt auf das, was *Ich* dir ins Gewissen
lege.

In der Folge hast Du noch glückselige Zeiten zu erleben,
von Mir angefacht und von dir ins Unendliche getragen.

An deinen Taten hängt, was du geworden bist
in seinsbeglückenden Äonen.

Wie mit Rosenbändern bist du an das Sein gebunden,
alleweil von Mir.

Das Getue um den weltlichen Erfolg soll dir nicht
angehören, jedoch die Gewissheit, dass *Ich* dir
auf die Beine helfe.

Das Unstete muss bei dir verschwinden
zugunsten einer Gottesschau von überirdischem
Genügen.

Du Bist genau, was *Ich* Mir Bin,
in wunderbarem Selbsterfahren.

Deine Mängel sind behoben in der Schau auf was *Ich* für
dich Bin im Unergründlichen.

Deine Reputation in Sachen Sein und Leben soll der
Meinen immer wesenhafter gleichen.

Gehst du von dannen, gehe Ich mit dir,
wie Ich mit dir gekommen Bin
in der Unendlichkeit der Geistessphären.

Was du dir denkst, das denke Ich getreulich mit, nur
seinsbezogener und redlicher in gottseliger Manier.

Kannst du ermessen, wie bedeutend deine Gegenwart
sich ausmacht in den Augen eines Vatergottes,
der Ich Bin, in ewiger Geklärtheit und Magie.

Mach dir wenig aus dem Sterben, denn dein Wesen ist für
immer dem Unendlichen geweiht in wunderbarem
Seinsgenügen.

Ich Bin die Seinsallegorie in corpore
und kann mit Meiner Ansicht nimmer fehlen.

6.4

Das Kommende wird ohne weiteres Vergehn, doch du wirst bleiben als ein Muster der Geselligkeit mit Mir.

Ich pflanze Wahrheit in die Stuben der Gerechtigkeit am Sein und Leben und erwarte deinen Gegenwert in Form von Seinsgewissheit, Seelenwohlfahrt und Vertrauen.

Seinsgerecht zu handeln sei dein lieblichster Beruf und seinsgerecht zu sein dein Glück in allen Lebenslagen.

Was von *Mir* inauguriert ist kann nicht untergehn und sei`s für silberglänzende Äonen.

Ich streue Wahrheit in die Himmelssphären und verbinde dich mit ihr in bestem Wohlgelingen.

Was markant ist hat auch seine Tücken, denn mit seiner Dominanz verführt es dich zu immer mehr.

Ich kann dich gut begreifen, wenn du nie genug hast von den schönen Künsten, Günsten und Manieren, mit denen dich die Welt verführerisch umflort.

Ich komme dir zu Hilfe, wenn du leidest, aber bitte komm dann auch zu Mir.

Kolportiere nichts wes` du dich nicht versichert hast in deinem innigsten Gefühl.

Pardonne nous nos offences, vergib uns unsere Sünden,
soll nicht ungehört an dein Gewissen pochen.

Maizena mag dich noch so gut ernähren,
Meine Labung bringt dir noch unendlich mehr.

Mach dich zeitig auf die Socken, damit dich keiner
überholt in deinem orgueil Lorbeer zu gewinnen.

Nichts zu wollen bringt den Gotteswillen auf den Plan.

Dein Hoffnungsschimmer ist von Mir ein Lebenszeichen.

Mit Mir zu handeln ändert dein Gedankenleben
exponentiell.

Rührend ist es für Mich
deine Menschlichkeit in voller Aktion zu sehn.

Dein Wesen ist in Meines integriert für alle Zeiten.

Mögen deine Haare schlohweiss sein,
dein Herz wird umso liebevoller nach Mir bluten.

Der Trend nach Meiner Innigkeit setzt sich im Volke fort,
sowie es Meine Grazie gerochen.

Heldenhaft, sackstark und generös ist,
was Ich dir zur Akquisition empfehle.

Die Rondelle deiner Geisteshaltung wird von Mir
bepflanzt mit auserlesnen Farbigkeiten.

Du beginnst, wo *Ich* schon längstens abgeschlossen habe.

Ich setze an wo sich dein Geist verheddert und
verfahren hat im Ungewissen.

Kostspielig sind die Exaltationen, die du dir erlaubst,
derweil die Meinen gratis wären.

Ich bringe Lebenslicht in dein Gewissen und verlange
nur, dass du es aufsteckst und dich seiner würdig
aufführst in den Geistessphären.

Das Leidige lass hinter dir und kleide dich in
Meine strahlenden Glückseligkeiten.

Ich trage dir die Wahrheit aus den Himmelssphären an
und verbinde Mich mit dir in bestem Wohlgelingen.

Warm in warm und Arm in Arm mit Mir sollst du dich
am Lebendigsein vergnügen.

6.5

Was Ich konstatiere ist ein Weltbewusstsein von naiver Selbstgefälligkeit und bedauerlicher Geisteslethargie.

Im Bewusstsein Meiner Gegenwart kann dich nichts mehr aus der Fassung bringen.

Kontinuierlich infiltriere Ich dein Sein mit Meines Wesens Offenbarungen und Iterationen.

Klammheimlich schleiche Ich Mich in dein Brautbett, um mit dir Gewissenhaftigkeit und Redlichkeit zu zeugen.

Möchtest du gewinnen, wimme Meinen Weinstock ab mit sonderlichem Seinsgenügen.

Liberalität und Festigkeit sind angesagt in deinem gottesebenbildlichen Benehmen.

An`s Prinzip der Weisheit angelehnt vergeudest du die Zeit nicht mehr, die Ich dir mit auf deinen Lebensweg gegeben.

Wie Pilzbefall am Schienbein wuchern deine Spekulationen durch dein Seelensein empor.

Mit deinem Seinsgehalt hast du das Mittel jederzeit zu triumphieren in der Folge deiner Wundertaten.

Ich ertappe dich bei jeder deiner skandalösen
Heimlichkeiten.

Meinen Göttersegen zugesprochen hab Ich dir
und eine Lanze dir gebrochen für dein Wohl.

Die Elegie der Hoffnung weist auf neue Pfade hin,
die du beschreiten sollst in Mir.

Du verlierst dich in zuvielen Einzelheiten,
statt im Einen Einzug und Regie zu halten.

Glaubst du an Wunder,
sieh Ich will sie dir gewähren.

Das Können ist so nah, doch dem Wollen
muss von Mir gehörig nachgeholfen werden.

Ich liebe die Vernunft und möchte sie auch dir
auf Herz und Zunge legen.

Wie das Pferd vom Kutscher auf dem Bock
wirst du von Mir auf Trab gehalten.

Lass die Weltgedanken freilich
in dir zirkulieren.

Was dich zu Mir hinüberrettet
ist der Schmelz der guten Taten.

Im Gewand der Kühnheit
wendest du wieder zu Mir hin.

Die Ideologie der Himmelsstärke
treibt die Völker ins Erwachen.

Du siehst dich vom Bewusstsein der Unendlichkeit
ins Kosmische getragen.

Ebenso wie du dich wollend fühlst, Bin Ich
ganz Wille und Gefühl.

Geerdet sein heisst bei Mir:
weises Mich-im-Sein-Bewahren.

Wo *Ich* wirke
waltet Frieden im Allhier.

Was *Ich* dir Gewähre
überlebt.

Mit Mir lässt sich nicht handeln,
aber wandeln schon.

6.6

Das Wenige, das du bei Mir erstehst,
hat schon den Wert von vielem.

Ich bereite dir den Boden,
auf dem du durch Äonen sicher stehst.

Mein Lied ist längst nicht ausgesungen,
derweil das deine zittert schon.

Was *Ich* befehle
hallt durch Weltenweiten wieder.

Gänse hüten mag mehr Sinn
als Gold bedeuten.

An Meine Werte kommst du nicht heran,
es sei denn unter Meinem Namen.

Was ringelt sich um dich? Es mag ein Schlänglein sein,
sieh zu, dass es sich nicht zur Boa stimuliert.

Ich treffe dich beim Frühstück an;
doch will Ich auch mit dir das Abendbrot geniessen.

Kerngesund will Ich dich vor Mir sehn
vom Frührot bis zum Abendleuchten.

Zieht ein Gewitter vor dir auf,
sollst du dich unter Meinen Schirm begeben.

Was machbar ist, bestimme *Ich*
in Weisheit und Erbarmen.

Was dir zusteht
stelle unter Meine Seinsregie.

Vorteilhafter ist es für dich,
Meinen Rat geziemend zu befolgen.

Was sollen Meine Augen von dir sehn:
eine Witzfigur oder ein gewitztes Seinskaliber?

Was verstehst du unter Tradition?
Für Mich ist sie zum Sein geworden.

Was stärkt dich mehr als *Meines* Edelmuts
Beharrlichkeit und Allegrie?

In Meinem Ambiente darfst du dich
auf jeden Fall geborgen fühlen.

Wer sich weise fühlt
erhebe seinen Finger gegen Meinen.

Willst du kleistern,
besorge das Papier bei Mir.

Du bist jederzeit bei Mir willkommen
in der Ära Meiner Schöpferqualitäten.

Im absoluten Freisein kreist die Heerschar der Gedanken
um den immanenten Gottesthron .

Ich rühre unvermittelt an und schon entfaltet sich im
Menschenreich ein Sturm der Hoffnung und des
Bangens, ohne jedes Mass.

Was plausibel ist soll nicht durch Besserwisserei ins
Gegenteil verkehrt und ausgehebelt werden.

Ich Bin das Schickliche an sich und leite dein Geschick
nach Meinen Meistergraden.

Mein Milieu entspricht dem Hocherhabenen,
nach dem sich alle Gottgeweihten innig sehnen.

Die kleinen Fehler musst du tilgen
vor sie fett und frech geworden sind.

Melde dich bei Mir und du wirst
eine blaue Wunderkur erleben.

6.7

Müssig sein ist keine Tugend,
aber mustergültig schon.

Was du immer unternimmst,
sei in *Meinem* Sinn und Geist getan.

Voller Wunder wird dein Leben,
wenn du Mich darinnen integrierst.

Einen Mauersegler hast du aufgescheucht,
nun fliegt er dir ums Haus für Ewigkeiten.

Keine Mühe ist umsonst, wenn sie dich
meinetwegen durch und durch bewegt.

Ich lass dich da und dort dein Werk verrichten,
Meinem Weltenganzen zu.

Du bist eingegliedert in das Wesen Meiner Künste
und verfolgst denselben Plan.

Was *Ich* dir vorgegeben habe, hast du auszuführen,
ohne jeden Aberwillen.

Selbst die Elitärsten kommen und vergehn,
doch Meine Musikanten sind in alle Ewigkeit
am Singen und Trompeten.

Bestenfalls gelingt dir eine viel beachtete Staffage,
Mir hingegen laufen schon die Kinder jubelnd nach.

Klappst du zusammen, richte Ich dich wieder auf
in liebendem Umsorgen.

Monster gibt es nur in deiner Perspektive,
Meine aber führt Mir holde Grazien entgegen.

Kennst du Mich, so weisst du, dass Ich Meine Schäfchen
immer schon ins Trockene befördert habe.

Musst du darben, leide Ich mit dir um der Gerechtigkeit
und Weltenwohlfahrt willen.

Ich trage dir nichts nach,
derweil Ich sonst zu schwer beladen wäre.

Meine Redlichkeit ist allzeit
Legion.

Dein Tiefstes ist der Marianengraben, Mein
Allerhöchstes jedoch Meines Weltenseins Gewähr.

Was du wirklich ernst meinst muss von dir mit aller
Sorgfalt und Gewissenhaftigkeit betrieben werden.

Dem strahlenden Beginnen muss das gütevolle Ende
folgen in der wohlgesetzten Tat.

Was dir zu tun verbleibt ist längstens von Mir vorbereitet
und mit Meines Namens Konterfei bezeichnet worden.

Was *Ich* dir rate ist von nie verblühendem
Gerecht- und Weisesein geprägt.

Bildest du dir ein das Weltsein zu begreifen, musst du
zuvörderst einen Lehrgang bei Mir ausgestanden haben.

Ich Bin der Weise, wenn du glaubst, gewissenhaft und
weltbewegend zu agieren.

Wonach du trachtest, wenn du Frieden suchst,
ist schon längstens von Mir aufgegriffen worden.

Ich kann nicht umhin dich zu loben,
wenn du nur *ein* Schrittchen richtig vor dich hin flanierst.

Was *Ich* betreibe ist ein gütestrahlendes Geschäft
von klargesichtigem Zusammenfügen.

Meinst du Redlichkeit musst du zuerst
bei Meiner überwältigenden in die Lehre gehn.

Ich klopfe bei dir an und trete ein,
ohne erst die Antwort abzuwarten.

6.8

Mach dich fertig, denn die Stunde eilt
das Angesagte zügig zu erreichen.

Ich erwarte nichts von dir als Loyalität,
Gewissenhaftigkeit und Liebe
dem Unendlichen entgegen.

Bist du rein und reif, wird dir im Grund genommen
nichts mehr fehlen.

Folge du dem Flötenton in Meines Daseins Hallen
und du wirst ein Musikant der Lebensliebe werden.

Nicht von hier und doch in allem Ernst in dich gegossen
ist Mein Sein, um dich zur Seligkeit zu führen.

Wer sind die Helden der Geschichte, wenn nicht die
die Meine Wege aufzuspüren und voll Eifer zu
beschreiten wissen.

Was bei Mir gang und gäbe ist, soll schleunigst auch bei
dir in guten Treuen Einzug halten.

Was Mich im Innersten bewegt sind deine höchst
peniblen Unvollkommenheiten, denen Ich
geschickt und wirkungsvoll zu Leibe rücke.

Meine Worte werden über deinen Gruften leuchten,
bis es dir gefällt aus ihnen siegreich aufzusteigen.

Ein Klosterschüler sollst du werden, der durch Meine
Geistessphären wandelt, festen Lebensboden zu
gewinnen.

Ich wachse dir mit wunderbarer Selbstverständlichkeit
entgegen, bis du Meine Züge über deinen leuchten siehst.

Die Kontrolle sollst du über dich behalten
selbst in deinen wägsten Präsentationen.

Wimme Weisheit in der Schule
der von Mir gesetzten Lebenssituationen.

Wenn du wüsstest, dass du dich in einem Götterparadies
befindest, wäre dein Gehaben makellos.

Trachte nach Befriedung deiner kleinen Welt und du
wirst allgemach auch in der grossen
Harmonie und Herzensfreude finden.

Was du immer willst, ist letztlich *Meiner* Art gemäss
im Unergründlichen.

Wie anders wird es um dich stehn, wenn du begriffen
hast, wie sehr Ich dich in deinem Sein aufs Trefflichste
behüte.

Du schuldest Mir Vertrauen in dem Mass, wie du dir selber trauen kannst in deinen ausgeklügelten und brachialen Situationen.

Punktgenau zu landen soll auch deinen Lebensstil beflügeln.

Willst du singen, singe deines Schöpfers Lob aus ewigem Begründen.

Was dich zutiefst beseelen soll, sind Meine Schöpferqualitäten, die sich übers Sternenall erstrecken und Mein ein und alles sind im Wunderbaren.

Gekonnt, facettenreich und kraftvoll ist Mein Über-Mich-Verfügen in der Lauterkeit des Seins und seinem Selbstgenügen.

Du Bist nicht irgendeiner, sondern *Mich* in Reinkultur in der Verfügbarkeit die Himmlische beständig in sich tragen.

Merke dir den Satz: Geschwister sind sowohl die Himmelsbürger wie die Weltbewohner, die ihr Sein demselben Zeugnis zu verdanken haben.

Nie gerate Ich in Schwierigkeiten, wenn es darum geht, Mir selber recht zu geben.

6.9

Im Reich des Raums gelingt es Mir
Erhabenes, Geistvolles und Bewusstes auszumachen,
ungehemmt, wahrhaftig und gediegen.

Das Innere und Äussere des Seins sind mit
demselben Flor bedacht, den Ich schon immer an Mir
wahrgenommen habe.

Was mit dem verbunden ist, was Ich Mir Bin, kann
niemals in die Irre gehn.

Was Ich Bin, kann niemals weder nachgeahmt noch
angefochten werden
in der Dignität, die es verstrahlt.

Der Schick mit dem du neulich auftrittst
lässt auf Mein Begründen schliessen.

Ein Fall für Mich sollst du beständig sein,
in deinem Schäfchenhüten.

Sankt Wiborada war zwar eingeschlossen,
aber frei für Mich und Meine Dienstbarkeiten.

Willst du ein Held sein, halte dich an Meine Regeln von
Vernunft und Anstand im Geviert der Tage.

Was dich betrifft, sollst du vor allem zur Gemeinschaft
mit Mir Sorge tragen.

Dein Glück besteht im Rudern
auf dem Geistesstrom.

Wer hat dich erfunden, wenn nicht *Ich* in Meiner genialen
Zuverlässigkeit und zünftigen Rendite.

Wie schwant es Mir doch von Erfolg in Sachen
Menschenwürde und Erhabenheit in dir.

Du sollst deine Pläne nicht verbraten,
weil es Meine sind im Handumdrehn.

Schlupfwinkel gibt es für dich viele,
doch keinenfalls vor Mir.

Die Besorgnis, die Ich um dich hege.
trifft Mich selber in verblüffender Manier.

Wohin des Wegs? In Meiner Querung
bleibst du ohnehin verwundert stehn.

Pflichte Mir bei, dann bist du vieler Sorgen
leichterdings enthoben.

Wer in sich selber wühlt,
hat vom rechten Leben nichts begriffen.

Ich traue dir Erbarmen zu
an jedem Wesen innigen Erwartens.

Wo kommst du hin, wenn dein Herzblut
keine Sehnsucht nach Mir offenbart.

Nun gilt es, nach den vielen Kunstgeleisen,
auch auf *Meinen* Bahnen Fahrt und Fülle aufzunehmen.

Was Ich versprochen, halte Ich durch dick und dünn
für dich bereit im Unergründlichen.

Kein Kahlschlag hält Mich davon ab,
neues in das Weltensein zu pflanzen.

Ich trichtere dir ein, was Mir vonnöten scheint,
um dich zu Mir emporzuführen.

Du gestattest doch, dass Ich dein Sein
mit Meinem liebevoll verbräme.

Magnolien sind nicht zum Pflücken, sondern zum
Bewundern da
in ihrer Farbengrazie und kompetenten Schöne.

Begreifst du, was Ich mit dir will, hast du den Vogel
abgeschossen
über deinem Brüten.

7

Wo sind die Früchte deines Strebens

7.1

Was Ich dir melde kann nur eine frohe Botschaft sein,
weil sie aus Götterreichen zu dir niederrieselt.

Mondial agiere Ich und ohne jeglichem
Bedenken nachzugeben.

Was die Haut betrifft muss auch das Haar mit
einbezogen werden, damit daraus das Ganze
wunderbar ersteht.

Bist du klug, so füge *Meines* Weiseseins Redute noch
hinzu, damit die Fülle Meiner Gnaden offenbar wird im
bewussten Weltenleben.

Was vorangeht geht Mir ständig hintennach, weil Ich seit
eh und je der Erste Bin im Weltentraben.

Welche Seligkeit in deinen lachenden Augen
lebendiges Feuer zu sehn.

Ich konstatiere konsterniert, dass du noch immer nicht
erfassest wer du Bist in deinen Aberwilligkeiten.

Nur der Redliche hat eine Chance, sich mit Mir auf Du
und Du zu stellen.

Packst du aus, so packe Ich dich alsogleich beim Kragen
um dich für Mich einzunehmen.

Meisterst du das Minikrime, kann Ich dir auch
Maximales in die Hände geben.

Von Meiner Seite strömen Weisheit und Gelassenheit,
Holdseligkeit und Grazie des Himmels auf dich über.

Mehr als Hoffnung und Vertrauen kann Ich dir nicht
bieten, doch diese sind es, die das All umfassen
Meiner liebevollen Seinsphilosophie.

Wozu das alles? Ich nehme Mich zum eignen Trost
im unermesslichen Getriebe.

Wo sind die Früchte deines Strebens? Ich habe sie soeben
konsumiert in der Begeisterung, die Mich darob
ergriffen.

Kein Einwand deinerseits kann Meine
Seinsentschlossenheit und Lichtheit im Geringsten
trüben.

Im Glück der Stunde darf Ich dir von dem erzählen,
was Ich Bin im Unergründlichen.

Ich steh beglückt im Lichte dessen, was Ich Bin
in der Unendlichkeit der Sphären.

Was trägst du bei zu Meinen Menschennöten
im unendlichen Betrieb?

Ich versage nie, wenn es Mir darum geht, das
Wohlgefälligere zu erreichen und für schön im Sein zu
etablieren.

Meine Güte ist bewundernswert in ihrer
Unbestechlichkeit und liebevollen Signatur.

Du magst dich noch so sehr dagegen sträuben,
Ich verehre dir Mein Sein mit allen vordergründigen
Schikanen.

Bist du am Ende wird es Mir bereits
ein neuer Anfang sein.

Als Abgehobener verlange Ich von dir nichts weiter als
wie dato unbeschwert zu bleiben.

Es sich die Heiterkeit der Sterne,
die Mich wunderbar beseelt.

Im Tempel der Holdseligkeit des Herrn
führst du ein lichterlohes Leben.

Die Bedingungen des Friedens sind im Seinsgehalt
zu finden, den Ich neuerdings erlebe.

Ein Grandseigneur des guten Tons zu sein
ist auch nicht zu verachten.

7.2

Ich liebe, was Ich hier erlebe,
in der Seligkeiten Licht und Flor.

Ich kann Mir selbst zu Hilfe eilen,
seit Ich Mein Unendliches gewahre.

Ist Edelmut in dir beschlossen,
kannst du jederzeit auf Meine Treue zählen.

Ich vollbringe, was sich ziemt
mit fürstlichem Gehaben.

Rechtschaffen Bin Ich
im unendlichem Gefüge.

Willst du deine Seele weit und lichtvoll sehn,
lass ihr Sein von Meinem liebevoll durchströmen.

Ich liebe deines Wesens Wunderwerk in jeder Phase
seines Auferstehns.

Im Bewusst-Sein liegt die Stärke deiner geisterfüllten
Ich-Natur.

Nichts ist für dich bekömmlicher als
immerzu das Glück des Seins zu spüren.

Hast du dich in Mir verloren
brauchst du keinen Beistand mehr.

Der Glückselige weiss sich in dem geborgen
der er *ist* im Lichtraum seiner Lieben.

Was immer du verschenkt hast, kommt dir selber
einst zugute.

Die Qualität des Handelns wird von A bis Z von Mir
durch deine Wissenschaft gezogen.

Bedeutendes wird ausnahmslos von Meiner Warte
ausgegeben.

Ich pflege keine Rücksicht auf Banales und
Verschrobenes zu nehmen.

Du bist die Schenke,
Bin Ich der Wirt darin.

Was geheiligt ist,
ist stets bereit zu seelenvollen Taten.

Geht es um Mich, so kannst du nie genug
weltoffen und versöhnlich sein.

Wenn *Ich* dich zum Male lade, will Ich alles an dir frisch gereinigt sehn.

Ich trage ein, was du ins Weltensein hinausträgst, ohne es zu hinterfragen.

Willst du edel sein, so docke bei Mir an.

Ich muss Mich nie entschuldigen, weil Meine Schritte stets perfekt sind in unendlicher Manier.

Was wirklich zählt sind deine ungezählten Seinsgedanken Mir entgegen.

Dein Debut ist längst vergangen, Meines folgt dir Tag für Tag.

Ich Bin unmissverständlich in dein Sein geboren.

Weder Ernst noch Leichtsinn sind potent genug, Mich auszuloten im Geviert des Schweigens, dem Ich innewohne.

Unendlich weit gediehen ist Mein Standart alleweil in dem, was *ist* und werden will zu Meinen Gunsten.

Was Mich treibt ist die Verachtung jeden Müssiggangs in Meines Seins Pauschale.

7.3

In Nebel gehüllt sind deine Züge,
derweil du glaubst, im Sonnenlicht zu stehn.

Vom ewigen Licht durchflutet Bist du,
doch dein Schwachsinn kann es nicht erfassen.

Ich trage dir nichts nach,
derweil Ich alles Leben mit dir moduliere.

Du vergreifst dich gnadenlos an Meinen Gütern und
lässest du Mich dann unentschädigt stehn.

Der aufgeschreckte Hase rennt querfeld
vor sich selbst davon. Und du?

Meine Mühlen laufen, deines Geistes Korn zu malen,
derweil du sträflich dösest vor dich hin.

Ausgelassensein wird von Mir nicht goutiert,
konzentriert dagegen schon.

Dein Tatendrang kommt Mir enorm entgegen
im Weltenbauwerk, das Ich am Errichten Bin.

Versuchst du, dich Mir anzubiedern,
knalle Ich die Türe zu.

Wer sich einsam fühlt, hat den Sternengriff zu Mir
noch nicht getan.

Ich rede nicht,
derweil Ich emsig Weltprojekte unterhalte.

Gier ist nicht Mein Ding, doch Vielfalt im bewussten
Schöpferkraft Zusammenfügen.

Der Henker hebt sein Schwert, doch Mein Nacken
hat sich augenblicklich seinem Griff entwunden.

Bigott kommst du Mir vor in deinen glänzenden
Verschrobenheiten.

Ich lächle über, derweil du dich in allem Ernste
in den Finger schneidest.

Beute witternd schnüffelst du umher
und vergissest dabei Mich gehörig wahrzunehmen.

Im Hauch der Stille trete Ich entschieden vor dich hin
und melde: für dich Bin Ich da.

Was Konstanz ist brauche Ich dir nicht zu sagen, doch du
schlägst sie in den Wind mit deinen Widerwärtigkeiten.

Ich spanne Meine Flügel,
eine Welt ins Liebeslicht zu tragen.

Kommst du zu Mir, so trete Barhaupt an
bis zu den Zehenspitzen.

In Mir gewinnt dein Wesen wieder,
was es einst verlor.

Willig sein allein kann Mir noch lange nicht genügen,
doch der Sprung zur guten Tat.

Ich strafe nie, der Schuldige steht im Begriff,
sich selber zu bestrafen.

Kaust du Tabak, so musste du dich nicht wundern,
wenn die Zähne Schaden leiden.

Mein Urteil lautet: du hast dich selber zu vergessen,
Meiner Göttlichkeit entgegen.

Freundlich lächelt dir die Sonne Licht und Wärme zu,
derweil *Ich* dabei noch Mich selbst verschenke.

Bring Mir dein Herz,
es soll in Meinem an Unendlichkeiten schlagen.

7.4

Was du immer anrührst,
rührt Mich fast zu Tränen.

Meine Machart ist, dir einen Wink zu geben,
einem Nasenstüber zu vergleichen.

Kondolieren kann Ich schon, aber Kernkraft generieren
ist Mir besser angemessen.

Stehst du still,
so stille Ich dich unter Tränen.

Willst du jagen,
jage Mir nicht immerzu davon.

Ich trachte stets danach,
dich im Fluge einzufangen.

Die Wirkung trifft erst nach dem Bade ein.

Ich beschere dir noch manchen harten Bissen,
bis du weich geworden bist für Meine Seinsphilosophie.

Geh aus dir hinaus, damit Ich Wohnsitz nehmen kann
in deinem Dich-Begründen.

Meine Brötchen sind noch warm,
derweil Ich sie schon überall verteile.

An Meinen Gittern rütteln taugt nicht viel,
aber sie mit Herzlichkeit erschliessen schon.

In Liebe begonnen, in Zartheit vollendet,
Meines Götterwesens Strategie.

Der Puls in Meinen Adern will auch deinen
aufs Entschiedenste beleben.

Festen Tritts beschreite Ich die Fliesen
Meiner Wirtschaft. Sind die deinen schon gelegt?

Ich vermittle Treue und Erbarmen;
welche Eigenschaften sind dein täglich Brot?

Jovial sein kann Ich schon, doch liegts Mir besser,
Meisterschaft im Gottesdienst zu pflegen.

Ich zünde ständig an, doch muss Ich fürchten, dass Mir`s
deine Albernheiten wieder zum Erlöschen bringen.

Kargheit kann auch hilfreich sein, um kerngesund
voranzukommen.

Ich biete immer Hand dazu, selbander mit dir
neue Wege zu beschreiten.

Mystifizieren nützt nicht viel, wenn damit nicht auch Fertigkeit einhergeht im Das-Sein-Geniessen.

Kämpfst du mit Härte, muss die Sache schief gehn, aber mit Geschmeidigkeit wirst du sie nicht verlieren.

Der Trugschluss ist, dass du kaum weisst, wohin mit deinen Inspirationen, derweil Ich Universenweiten vor Mir seh.

Die Kunst zu Sein ist Mir seit jeher eingegerbt. Lass dich von Mir zum selben Winkelzug verführen.

Wer ledig ist beeile sich, Vermählung mit Mir auszurufen.

Wer kennt nicht die. Parole: Du bist weise, aber wärst du auch so schön?

Bei dem Rattenschwanz wärst du gescheiter dageblieben.

Ich habe dich gewarnt, doch musst du nun die Folgen selber tragen.

In der Prärie gedeiht der Kaktus besser als der Kohl.

Schlussendlich hast du trotzdem nachgegeben.

Das Digitale bringt dich noch um Kopf und Kragen.

7.5
Lernst du spanisch, sollst du dem Wörtchen „Meer"
genügende Beachtung schenken.

Was dich nervt ist immer auf dich selbst
zurückzuführen.

Wo die Wellen hoch und höher schlagen
muss auch wieder Ebbe salonfähig sein.

Willst du so recht brillieren, empfiehlt es sich
einwenig Scharlach aufzutragen.

So wenig wie dich das Zuviel am Wickel hält, soll dich
das Zuwenig untergraben.

Ich halte mit dir Ausschau nach den Sternen,
um besser in dein Inneres zu sehn.

Figalant gehst du zum Disput der Gelehrten
und kehrst, arg zerzaust, frühzeitig wieder.

Ich lehre Andacht vor dem Herrn und
seinen genialen Motivationen.

Du glaubst es nicht, wie hoch die Dunkelziffer ist
bei den Gesetzes-Übertretern.

Ich trage kräftig auf und du entfernst es
unbesonnen wieder.

Das Boot ist voll, sagst du, doch wie viele kommen,
ohne Fahrschein, noch dazu.

Ich habe gegen deine Ansicht protestiert,
doch Meine hast du trotzdem nicht begriffen.

Glaubwürdig ist nur, was die Kinder dir erzählen.

Wenn du ausziehst, ziehe Ich mit dir.

Bei deinem Wandel ist es nicht verwunderlich,
wenn deine Lage höchst prekär wird
beim herzinnigen Befragen.

In Saus und Braus zu leben ist nicht schwer,
asketisch bleiben jedoch sehr.

Frieden findest du,
wo die Räuchlein strikte aufwärts steigen.

Ich habe *Ja* gesagt und du hast alles wieder
durchgestrichen.

Nicht mit Kleister sollst du dir behelfen müssen.

Ich trage vor und du
trägst nach.

Gespenstig ist die Stille
nach des Sturmes Toben.

Dreht der Wind hat schon mancher
schmählich aufgegeben.

Ich liebe Liturgien,
wo die Fetzen fliegen.

Trifft es zu,
so scheiden sich die Geister.

Wofür kein Kraut gewachsen ist,
steh Ich besonders artig ein.

Durch die Hintertüre hast du, ohne Mich,
schon machen Vorteil dir errungen.

Ich lege Wert auf Kontinuität und hasse
häppchenweise Albernheiten.

Was zu tun ist, weisst du schon,
was du tust hingegen lässt die Haare sträuben.

7.6

Ein Findling bist du,
wenn Ich durch die Gegend streune.

Radikal sein ist nicht klug,
wenn vieles auf dem Spiele steht.

Der Fachmann weiss sich noch zu helfen,
wo der Laie sprachlos stille steht.

Wer hat das Ebenmass erfunden,
Ich, auf Bergeshöhn.

Mir beliebts zu schweigen,
wo die Wölfe heulen im Quartier.

Ich trage bei, derweil die Menge
Missgunst äussert mit Vergnügen.

Wo getrunken wird, darf auch das Brot nicht fehlen.

Magellan fand nicht so leicht heraus, wo's lang geht,
Ich hingegen schon.

Ich wette, dass dein Köpfchen schlaflos liegt,
je weicher deine Daunen.

Du spintisierst, derweil Ich Klarsicht spinne.

Gehab dich wohl,
es könnte es sein, dass Ich an deiner Seite steh.

Was du Wahrheit nennst ist meistens nur
ein abergründiges Vermuten.

Kaum zu glauben ist wie viele sich gescheiter dünken
als das herrschende System.

Willkür ist Mir fremd, doch musst du ihre Vielfalt unter
Meinem Namen mit Schafsgeduld ertragen.

Verträgt sich deine Absicht mit der Meinen
wird dir die Welt zum Paradies.

Lass es Meine Sorge sein, dir das Leben
wie im Märchen zu gestalten.

Glaubhaft sind nur *Meine* Worte unter all dem
Kauderwelsch, das deine Öhrchen täglich strapaziert.

Bewegst du dich, kann Ich dir das Wohin
mit reinem Gold verbrämen.

Mein guter Rat ist kostenlos zu haben, wenn Ich weiss,
dass du ihm folgen wirst durch dick und dünn
im Aufwall deiner Tage.

Geruhst du, dich auf *Meine* Worte zu besinnen,
werden sie dir zum bewundernswerten Ideal.

Ich will, dass du erwachst aus deinen Träumen
vor dem Morgenrot.

Korrigiere Mich,
wenn Ich dir je ein Unwort ins Gewissen trage.

Keine Händel sollen programmiert sein
in der Folge deiner sprossenden Gedanken.

Willst du von Mir geliebt sein,
musst du selber, ohne jede Absicht, zärtlich lieben.

Ich taue auf, wo dich das Frostige berührt
zu hundert Malen.

Keine Frage ist so brennend wie die nach dem Sein
in deinem Dich-Begründen.

Was Ich anerkenne sei auch für dich
derselbe gültige Befehl.

Hast du schon gehört, dass man auf das Wasser
Kopfgeld will erheben?

7.7

Lang sind die Silberflüsse, länger jedoch ist Mein Atem,
wenn es um die Weltendauer geht.

Ich befördere, was immer wachsen will,
mit klugem Überlegen.

Was wirklich zählt, ist Meine Art,
den Dingen auf den Grund zu gehn.

Was du verwirfst
kann Ich noch wunderbar gebrauchen.

Die Motten riechen die Klamotten. Meine Frage:
willst dus mit Mir genauso halten?

Ich generiere laufend Gutes und gewahre, dass dus
schnippisch anschaust,
Meinem Herzenswunsch entgegen.

Vieles, was dich rühren sollte, lässest du wie Wasser
an dir niederperlen.

Ich nehme dich beim Wort,
wenn du nur endlich reden wolltest.

Brauchbar wärst du schon, doch willst du selten
bis zu Mir hinuntertauchen.

Im Grund genommen kann Ich nur Mich selber
ehrlich loben.

Mein Wandel ist von deinem
meistens grundverschieden.

Sowie du zu Mir aufwachst kann Ich dir
den Orden der Glückseligkeit verleihen.

Ich leiste Mir das Unerhörte,
dich in Meinen Vorstand einzuwählen.

Wenn du endlich warm wirst
muss Ich schon ans Kühlen denken.

Ich wandere dorthin wo Ich bewandert Bin
mit den verlässlichsten Schikanen.

Was Ich von dir erwarte
ist die Achtung vor dem Numinosen.

Wanderst du ins Ungewisse
schreite Ich dir zielbewusst voran.

Mein Wille ist geschmeidig,
derweil der deine noch der Sturheit unterliegt.

Bis bald, ruf Ich dir zu,
und meine dabei Generationen.

Nolens volens musst du mit Mir
denselben Schalter drehn.

Weisheit mahlen Meine Mühlen,
und die deine unbemerkt dazu.

Was dir lieb ist,
muss noch lange nicht Mein Wohlgefallen finden.

Geruhsam nehme Ich's, derweil so viele
sich zutode hetzen.

Ich lange nach den Sternen und bedeute dir,
dasselbe ebenfalls zu tun.

Wie kann Ich dich in diesem Zustand noch
zu Mir hinüber dirigieren?

Was gilt's, Ich muss Mich trotzdem
gütestrahlend zu dir wenden.

Was *Ich* dir rate kann kaum mit Goldkorn
aufgewogen werden.

Ich beginne immer mit dem A, derweil du
Unzusammenhängendes kreierst.

7.8

Was Ich noch so gern belohne
ist dein Schritt in Meine Tiefen.

Zuviel des Guten kann bei Mir noch lang
zu wenig sein.

Fahrlässig handelt wer sich nicht auf *Meinen* Kutter
schwingt, um fröhlich mitzufahren.

Ich öffne dir geheimnisvolle Wege
welche dir noch nichts bedeuten.

Wer tuckert da an Mir vorüber
in dich selbst gekehrt?

Ich meine nicht nur,
sondern sogleich sollst du handeln.

In Mir reiht sich Gedanke an Gedanke grandiosen
Festlichkeiten zu.

Was dich zutiefst berührt, will Ich in dir zum Klingen
bringen.

So wie Ich dich berühre bist du Klang vom Klang und
vieles mehr.

Ich garantiere dir, es wird sich alles wenden,
wenn du Mich zu deinem Ideal erwählst.

Offensichtlich trete Ich gebührend für dich ein, seitdem
du glaubst, was Ich dir einst versprochen habe.

Hältst du Meine Linie ein,
 wirst du am Sichersten zum Ziel gelangen.

Ich frage dich: bist du bereit,
mit Mir Allgüte zu erlangen?.

Möchte doch dein Wesen Meinem innig gleichen,
ist Mein Wünschens veritables Ziel.

Versuche, dem Versucher nicht mehr zu verfallen,
in des Daseins Strategie.

Bist du bereit, an Mir zu wachsen, wie das Efeu,
das sich am Baumschaft in die Höhe zieht?

Wer gewillt ist seines Daseins Tücken zu bedenken,
trete mutig vor Mich hin.

Ich weiss, Ich weiss, du hast noch viel vor dir,
was *Ich* schon längst erledigt habe.

Es geruht dir noch zum Heil, wenn du verinnerlichst
was Ich dir ständig um die Ohren schlage.

Um dich im Griff zu halten rat Ich dir
mental ins Sternenall zu greifen.

Bist du sprachlos finde Ich dein Resümee
besonders attraktiv.

Ich komme nicht umhin, dich gelegentlich für deine
Wachsamkeit zu loben.

Was du glaubst, das kann Ich dir aus inniger Erfahrung
felsenfest bestätigen.

Redlich sein ist eine Zierde deines Herzens,
nicht von hier.

Weisst du dir zu helfen, bist du auf dem Weg
zu Meinen Sehenswürdigkeiten.

Nicht besser als die andern kannst du sein,
aber weise, Mich zu fragen.

Was du vermissest, sende Ich dir offnen Herzens zu.

Bist du heiter,
heitert das den Weltenhimmel auf.

7.9
Ich lasse Mich von dir
zu mancher Unbesonnenheit verführen.

Was die Norm ist kannst du mächtig übersteigen durch
das feine Eingehn auf dein hoffnungsvolles Gegenüber.

Was immer du zutiefst empfindest
ist auch wahr.

Grundverschieden mögen Menschen sein, doch die
Liebe bindet und verbindet sie auf sagenhaften
Höhenpfaden.

Alsdann ist es keine Willkür mehr,
sondern zartes Zueinanderstreben.

Was du dir denkst zu sein, ist auch
das Bedenken Meines innigsten Gefühls.

Ich suche eine Mitte die verhält und
finde sie im Dich-Verehren.

Von Liebe erfüllt und von Sehnsucht getrieben
zum göttlichen Wohl.

Du lernst und lernst was sich gehört
in Meinen Daseins-Qualitäten.

Was dich zutiefst betreffen soll
sind Meine vielgerühmten Geistesgaben.

Hast du dir Heiterkeit und Edelmut errungen,
werden sie beständig bei dir bleiben.

Den Kelch des Friedens darfst du von Mir trinken,
wann immer du ihn heiss begehrst.

Im gütevollen Zueinanderfügen
findest du, was Ich an dich verloren habe.

Melancholie des Herzens im Abschied
von den schönen Welten.

Kannst du besser auf die innre Stimme reagieren
als mit Worten tiefen Dankens.

Du bestätigst immerzu
was *Ich* im besten Sinne meine.

Was du zu sein glaubst,
musst du dir gut überlegen.

Offenheit und Herzenswärme
sind seit Ewigkeit Mein Stil.

Ich verlange von dir nur das Mindeste, was sich für
deinen Fortschritt ins Unendliche gebührt.

Das Schicksal will sich heute
von der besten Seite vor dir zeigen.

Zwei mal zwei sind vier
und genauso wird es für dich ewig bleiben.

Dein Talent verlangt
nach immer besseren Konditionen.

Was hier gesagt wird,
gilt auch anderswo bis in die besten Kreise.

Wenn du dich sputest,
kannst du noch den letzten Zug erreichen.

Was Ich gelassen arrangiere
ist für dich ein Job von ach und weh.

Wohltäter sind geneigt,
sich selber zu vergessen in der Tat.

Was an dir gespannt ist, wird bei Gelegenheit
von Mir gelockert werden.

Ich nehme keine Rücksicht wo es gilt,
gewissenhaft voranzuschreiten.

Quoniam tu solus Sanctus, du allein bist heilig,
soll es täglich in dir tönen.

Auf das Wie kommt es entschieden an
in Meinen Konfrontationen.

An jedem Ende kommt die Wende
unerbittlich und gehaltvoll zu dir hin.

Ich kann liebevoll und konsequent sein,
kaum zu glauben.

Was schlussendlich zählt sind deine Schritte gläubig zu
Mir hin.

In Mir verfügst du über Kräfte
von allherrlichem Format.

Wer ist mehr als Ich
von wunderbarem Innenlicht beschienen?

Du schweigst entzückt, wenn *Ich* in dir gewaltig rede.

Was dich am ehsten anregt,
wird von Mir zuhinterst vorgetragen.

Die grosse Wende wirkt voraus und
hintennach in deines Schicksals Welterscheinen.

Nur was dir frommt wird von Mir
vor dich hin getragen.

Was an Mir so ruhig wirkt wird
aus Turbulenzen jeder Art geboren.

Das Vife wie das Karge wird von Mir zu deinem Heil
herbeigezogen.

Mein Bestand an Gütern ist an *einem* Finger
abzuzählen, derweil Mir alles angehört.

Auf das Licht und auf die Würde kommt es an
in Meinem Urteil über dein herzinniges Verhalten.

Ich Bin in deinem Königreich
der beste Kastellan.

Ludwig Weibel, geboren 1933
Lebt in CH-9200 Gossau/St.Gallen
Schriftstellerische Berufung zur
"Philosophie des Seins" für vife Geister.
Erstellt elegante Graphiken mit einem
Pendel-Apparat. (Siehe Buchumschlag)
Homepage: www.das-sein.ch
E-mail: ludwig.weibel@hispeed.ch